D1522162

# EL ARMA EN EL HOMBRE

colección andanzas

# Obras de Horacio Castellanos Moya en Tusquets Editores

# HORACIO CASTELLANOS MOYA
## EL ARMA EN EL HOMBRE

1.ª edición en Tusquets Editores México: enero de 2001
1.ª edición en Tusquets Editores España: noviembre de 2001
2.ª edición en Tusquets Editores España: septiembre de 2014

Diseño de la colección: Guillemot-Navares
Reservados todos los derechos de esta edición para
Tusquets Editores, S.A. - Avda. Diagonal, 662-664 - 08034 Barcelona
www.tusquetseditores.com
ISBN: 978-84-8310-186-5
Depósito legal: B. 44.005-2001
Impreso por Book Print Digital, S.L.
Impreso en España

En la lanza tengo mi pan negro,
en la lanza mi vino de Ismaro,
y bebo apoyado en la lanza.

Arquíloco de Paros, *Un mercenario*

## 1

Los del pelotón me decían Robocop. Pertenecí al batallón Acahuapa, a la tropa de asalto, pero cuando la guerra terminó, me desmovilizaron. Entonces quedé en el aire: mis únicas pertenencias eran dos fusiles AK-47, un M-16, una docena de cargadores, ocho granadas fragmentarias, mi pistola nueve milímetros y un cheque equivalente a mi salario de tres meses, que me entregaron como indemnización.

Llegué a sargento gracias a mis aptitudes; mi escuela fue la guerra. Los instructores americanos me tomaron aprecio: en una ocasión me enviaron a Panamá, a un curso intensivo de un mes; otra vez estuve en Fort Benning, durante dos meses, en un entrenamiento para clases y suboficiales. Pero a la hora de la desmovilización, cuando nuestros jefes y los terroristas se pusieron de acuerdo, me tiraron a la calle. Aunque no como a la demás tropa, a la que ni siquiera le dieron las gracias. Nosotros éramos el cuerpo de élite, los más temibles, quienes habíamos detenido y hecho retroceder a los terroristas donde quiera que los enfrentábamos. Por eso, la desmovilización de nuestro batallón fue un acontecimiento solemne con la presencia del presidente de la República, del ministro de Defensa y otras altas autoridades; hubo desfile, revisión de tropas, disparos de artillería y discursos en los que se reconocía nuestro arrojo, el valor que habíamos tenido para la defensa de la patria, lo que significábamos para las Fuerzas Armadas.

Los del pelotón me decían Robocop, pero a mis espaldas. De frente debían cuadrarse y decirme «mi sargento», no sólo porque yo era el jefe, sino porque ni a golpes, ni con el cuchillo, ni a tiros alguno de ellos pudo ganarme; tampoco en táctica e inteligencia. Por eso yo daba las órdenes, aunque encima de mí siempre hubo un teniente, un capitán o un mayor comandando la compañía —en realidad varios tenientes, capitanes y mayores que murieron o fueron transferidos a lo largo de la guerra.

Tuve ventajas. No soy un campesino bruto, como la mayoría de tropa: nací en Ilopango, un barrio pobre, pero en la capital; y estudié hasta octavo grado. Destaco por algo más que mi estatura y mi corpulencia. Participé en las principales batallas contra las unidades mejor adiestradas de los terroristas; en las operaciones especiales más delicadas, aquellas que implicaban penetrar hasta la profundidad de la retaguardia enemiga. Nunca fui capturado ni resulté herido. Muchos de los hombres bajo mi mando murieron, pero eso forma parte de la guerra —los débiles no sobreviven.

Pasé ocho años combatiendo, todo el tiempo en el batallón Acahuapa. Cuando terminó la guerra hubo una campaña de desprestigio contra nuestro cuerpo, que persistió pese a que ya habíamos sido desmovilizados. Era propaganda de los terroristas: enfilaron contra nosotros porque los habíamos puesto en su sitio. El hecho de que una unidad del batallón haya participado en la ejecución de unos curas jesuitas españoles también fue utilizado para acosarnos. Pero el Alto Mando nos escogió para esa operación precisamente porque éramos los más eficientes.

No contaré mis aventuras en combate, nada más quiero dejar en claro que no soy un desmovilizado cualquiera.

## 2

Convertirme en civil fue difícil. Supimos de nuestra inminente desmovilización desde que se decretó el cese de fuego. No lo creí. Las negociaciones me parecían una estratagema, por lo que supuse que toda esa palabrería de los Acuerdos de Paz constituía una tregua, y que en pocas semanas entraríamos nuevamente en combate, para acabar de una vez por todas con la subversión. Así se lo expliqué a mi tropa. Pero poco a poco fui comprendiendo que estaba equivocado: la guerra había terminado.

Por esos días el clima en las barracas era pesado. Pese a las charlas en las que los jefes nos explicaban los alcances de la paz y presentaban opciones para nuestro futuro, supe que mi vida estaba a punto de cambiar, como si de pronto fuese a quedar huérfano: las Fuerzas Armadas habían sido mi padre y el batallón Acahuapa mi madre. No me podía imaginar convertido de la noche a la mañana en un civil, en un desempleado.

Recordaba el momento en que me reclutaron, a mediados de 1983; yo tenía veinte años y trabajaba de vigilante en la fábrica de ropa interior femenina donde mi madre había sido operaria. Regresaba de mis labores, cuando un retén de soldados detuvo el autobús a la salida de Mejicanos: nos bajaron, exigieron documentos, hubo registro en busca de armas, y a mí y a otros tres nos ordenaron subir a un camión militar. En el cuartel San Carlos, después de pruebas y exámenes, cuando el oficial comprobó que yo medía un metro noventa y pesaba ciento noventa libras, ordenó que me destinaran al batallón Acahuapa.

Ahora los jefes decían que algunos desmovilizados pasaríamos a distintas unidades, que otros podríamos entrar a las empresas privadas de seguridad y que también estaba la opción de recibir «cursos de reinserción» que nos permitirían aprender un oficio para conseguir empleo. Pero la cosa sería más difícil.

3

No tengo familia en el país. Mi madre y mis dos hermanas se largaron a Estados Unidos desde el comienzo de la guerra y cuando supieron que yo había ingresado al batallón Acahuapa no quisieron volver a saber de mí. Entraron a un comité de solidaridad con los terroristas, en Los Ángeles. Mi único pariente era mi primo Alfredo, quien me alquiló una habitación de su casa, en los linderos de Soyapango, para guardar mis pocas pertenencias a lo largo de la guerra.

Alfredo era empleado del Ministerio de Agricultura, y también confidente de la policía. Cuando me desmovilizaron llegué a su casa, con mi mochila y el cheque, y le comuniqué que ahora me quedaría a vivir en la habitación alquilada, no tenía otro lugar. Dijo que no había problema, incluso me ayudaría a conseguir empleo. Esa primera tarde, tirado en el camastro, con la certeza de que no había regreso a las barracas, pensaba que gracias a Dios se me había ocurrido ir acumulando los fusiles y las granadas, porque ahora me servirían para salir adelante.

Los primeros días fueron extraños. Tenía el dinero de la indemnización, pero no sabía qué hacer. Los contactos con mis compañeros estaban rotos. Fui con Alfredo en una ocasión al Ministerio de Agricultura; nos dijeron que la plaza de intendente ya había sido ocupada. Me la pasaba tirado en el camastro, haciendo nada, o en la tienda de la niña Chole, bebiendo cerveza. También visitaba La Piragua, un burdel a dos calles de la casa de Alfredo, donde me fui involucrando con Vilma, una morena, chaparra, de carnes firmes y con enormes camanances. A la tercera vez que estuve con ella me pidió que le pusiera un cuarto, para que luego del trabajo durmiéramos juntos, pero las mujeres llevan la traición en el alma y no me iba a gastar mi poco dinero en ella.

Fue en La Piragua donde encontré a Bruno Pérez, alias Pichojo, un tipo que había estado en mi unidad y fue dado de baja un mes antes de la desmovilización general. Me dijo que formaba parte de una agrupación de desmovilizados que exigían su indemnización; me invitó a participar en ella. Le respondí que yo había recibido un cheque equivalente a mi salario de tres meses, del cual casi no me quedaba nada. Bruno aseguró que me habían dado una miseria, en realidad me correspondía un año de salario, según los Acuerdos de Paz; no debía dejarme estafar, los jefes se habían embolsado la plata y apenas habían repartido migajas entre algunos de nosotros. Le dije que no quería participar en un movimiento en contra de la jefatura de las Fuerzas Armadas, podía considerarse traición; tampoco me interesaba hacer política. Bruno me dijo que lo pensara, sobre todo cuando se me acabara la plata, y que me buscaría ahí mismo, en La Piragua.

Mi primo Alfredo estaba casado con Guadalupe. Ella me trató con deferencia, hasta con simpatía, mientras estuve de alta en el batallón y los visitaba una vez cada dos meses. Pero en cuanto fui desmovilizado y me trasladé a vivir con ellos, noté un cambio en su conducta: su manera de mirarme, de acercárseme. No le di importancia. Ella trabajaba como secretaria en un consultorio médico. Ambos salían juntos, temprano en la mañana, y volvían ya tarde, igualmente juntos. Hubo un día en que ella dijo que se quedaría en casa, le dolía la cabeza, tenía un poco de fiebre, estaba segura que la gripe le explotaría de un momento a otro. A media mañana me había metido en su cama. Gritaba, poseída, que nunca se la había cogido un hombre tan fuerte y grande como yo, que Alfredo era un miserable, incapaz de preñarla, y ella deseaba un hijo, urgentemente. A la siguiente semana volvió a haber un día en que ella se las ingenió para no ir al trabajo, y gritó de igual manera que Alfredo no la satisfacía, que necesitaba un hombre de verdad como yo, alguien que la preñara. Y a la tercera vez me fui desde temprano, junto a Alfredo, con la excusa de que tenía una entrevista para un empleo, pero en verdad me encontraría con Bruno y otros desmovilizados, quienes me explicarían sus actividades tendentes a lograr que la jefatura de las Fuerzas Armadas pagara la indemnización tal como correspondía. Yo iba con desconfianza, como si me estuviera metiendo en una celada.

Éramos alrededor de un centenar de desmovilizados de las Fuerzas Armadas, congregados en una cancha de basquetbol, en una escuela de primaria ubicada en las afueras de Mejicanos. Bruno me presentó; una media docena de los asistentes había estado en combate bajo mi mando. Un ex sargento del batallón Belloso, de apellido Patiño, era el que lidereaba, lo que me pareció sospechoso, porque ese cuerpo tenía pésima fama, en una ocasión los terroristas los habían hecho recular hasta Honduras; no era posible que no fuera alguien del Acahuapa quien estuviera al frente, le dije a Bruno. Pero al escuchar al tipo, comprendí que ahí de poco servía el valor o la capacidad de combate, sino la palabrería, y los del Acahuapa éramos los mejores combatientes, no politiqueros.

Patiño dijo que la asamblea debía tomar decisiones sobre las relaciones con el movimiento de lisiados de guerra y con la agrupación de ex guerrilleros. Me molestó que se estuviera considerando hacer una alianza con nuestros enemigos. No me salí de la reunión porque Bruno me advirtió que los demás podían pensar que yo era un infiltrado de los jefes que nos habían estafado. Luego pidió la palabra y dijo que le parecía una traición establecer relaciones con aquéllos contra quienes nos habíamos jugado el pellejo durante tantos años, que eso deslegitimaría nuestro movimiento ante las Fuerzas Armadas. Hubo un grupo que le aplaudió. Pero Patiño le rebatió: que los verdaderos traidores eran los jefes militares y los políticos que nos habían tirado a la calle y se habían quedado con el dinero que la comunidad internacional había enviado para nosotros, y que lo mismo les estaba sucediendo a los ex guerrilleros y a los lisiados, quienes no habían recibido un centavo pese a las promesas, y lo mejor era que uniéramos fuerzas para exigir lo que nos pertenecía. Comprendí que Patiño era un infiltrado de los terroristas y que el Estado Mayor debía contar también con numerosos confidentes en ese grupo.

Pero a esas alturas ya se me había acabado el dinero y necesitaba la indemnización correspondiente a un año. Por eso, a la mañana siguiente, tal como se acordó en la reunión, participé en la toma de las instalaciones de la Asamblea Legislativa. Nos concentramos en varios puntos cercanos al objetivo y, de manera sincronizada, desarmamos a los vigilantes y nos apoderamos del edificio con la mayoría de diputados dentro. Aquello era una fiesta. Yo me había preparado especialmente para no ser reconocido en caso de que el gobierno tomara represalias. Me vestí con una camisa de guardia nacional y cubrí mi rostro con un pasamontañas negro. Portaba mi nueve milímetros oculta bajo la camisa y un garrote de hierro con el que quebré puertas de vidrio y amagué a los diputados que corrieron a esconderse en el último piso. Quise atizarles un par de golpes, sobre todo a los ex terroristas ahora encorbatados, pero no tuve oportunidad. Mi misión era permanecer en la azotea del edificio, a fin de evitar que los diputados fueran evacuados en helicópteros. Lo que yo no imaginaba era el impacto que tendría con la prensa. Mi pasamontañas negro fue la sensación. Fotógrafos y camarógrafos apuntaban sus cámaras hacia mí. Salí en los noticieros y en las portadas de los principales diarios del país. Me convertí en el símbolo de los desmovilizados; y nadie supo mi identidad. La idea del pasamontañas la tomé de un terrorista de Chiapas, famoso en ese entonces.

Patiño se entrevistó con una comisión de diputados y con enviados del gobierno. Todos dijeron que se nos pagaría la indemnización correspondiente, el problema era que en ese momento el gobierno no tenía liquidez, pero en cuanto llegara el próximo desembolso de la comunidad internacional tendríamos nuestro dinero. Aún sigo esperando el resto de mi indemnización.

# 6

Mi relación con Guadalupe se complicó. Ella aseguraba estar enamorada de mí, que dejaría a Alfredo, yo era el hombre de su vida. Aunque flaca, de piel blanca y dientes salidos, cogía con voracidad. No me interesaba, sin embargo, perjudicar a Alfredo.

Había una manera de quitarme a Guadalupe de encima. Fui a La Piragua, donde Vilma, a decirle que quería rentar un cuarto para que viviéramos juntos, pero que en ese momento se me había acabado la indemnización, aunque en pocos días haría un excelente negocio. Ella se emocionó, dijo que no me preocupara, la primera renta la pagaría ella, luego me tocaría a mí.

Me mudé entonces a una habitación en el centro de Soyapango. Estaba en un viejo mesón, pero con puerta a la calle. Bruno consiguió un auto para trasladar mis cosas y mis armas. A Alfredo le expliqué que me iría a vivir con una mujer, que le agradecía su hospitalidad, que contara conmigo para lo que fuera. Dijo que ésa seguiría siendo mi casa, que no dejara de visitarlos. Empurrada, Guadalupe se despidió con una mueca antes de encerrarse en su habitación.

## 7

Bruno se sorprendió cuando descubrió mis tres fusiles y las granadas. Preguntó si pertenecían al batallón. Le expliqué que los había recuperado de terroristas muertos, durante la ofensiva que lanzaron en noviembre de 1989: los escondí en un terreno baldío y semanas después pude llevarlos a casa de Alfredo. Bruno dijo que con ese mínimo arsenal podíamos realizar operaciones para conseguir dinero. Era lo que yo pensaba. Necesitábamos un auto, detectar el objetivo y diseñar el plan de acción. Debíamos empezar con la casa de algún ricachón, donde pudiéramos obtener efectivo, joyas y objetos de valor, que Bruno se encargaría de vender a través de su compadre.

A media tarde de un viernes, a la entrada de Ciudad Delgado, nos apropiamos de un Golf nuevecito. La vieja que lo conducía balbuceó que por favor no la matáramos. Bruno se puso al volante. La dejamos dos calles más allá y enfilamos hacia mi habitación. Metimos al auto los dos fusiles AK, envueltos en una bolsa de lona, y me guardé un par de granadas en mi chaqueta de mezclilla. Enrumbamos hacia el poniente de la ciudad, donde viven los ricos. Subimos por el Paseo Escalón. A esa hora la vieja ya habría denunciado el robo de su auto a la policía. Le indiqué a Bruno que se metiera en una de las calles laterales, antes de llegar al redondel Masferrer. Desembolsé los fusiles; los tenía listos, aceitados, desde la noche anterior. Le dije que bajara la velocidad. Avanzábamos casi a vuelta de rueda entre aquellas mansiones. Llevaba el fusil sobre mis muslos, atento, en espera de una cuadra en que no hubiera vigilantes. Hacia el final de la calle, donde topaba con una barranca, había unas casas más chicas, sin muros ni vigilantes. Una sirvienta, manguera en mano, regaba el césped, con la puerta de la cochera entreabierta. Salí de un brinco, en carrera, con el fusil por delante. Le dije que si no obedecía era mujer muerta. Entró con el cañón en las costillas. Le pregunté cuánta gente estaba en la casa. Respondió que sólo los dos señores, unos pobres ancianos, que por favor no le fuera a hacer nada a ella. Le pegué un culatazo en el cerebelo. Irrumpí en la sala: una viejita tejía en el sofá. Le ordené que se pusiera de pie y que me entregara todo el dinero y las joyas si no quería que la matara. La anciana dijo algo, en voz alta, como si alertara a otra persona, en un idioma que yo no entendí. Bruno estaba ahora tras de mí. Un viejo corpulento cruzó por el pasillo de una habitación hacia otra. Creí que el sujeto quería escapar. Pero cuando me acerqué a la puerta me recibió con un disparo que zumbó por mi oreja izquierda. Me tiré al suelo. Me arrastré hacia la habitación. El viejo se había parapetado tras la cama. Mi embate fue contundente: le encajé medio cargador en el pecho. Me estaba acomodando la cuarenta y cinco del viejo en mi cintura cuando escuché la ráfaga en la sala. Bruno dijo que la vieja había tratado de huir. Le dije que nos fuéramos, con semejante escándalo apenas lograríamos escapar. Y así fue: desde la esquina un vigilante nos disparó con una escopeta recortada. Unas calles más abajo decidimos cambiar de auto; el tipo del Nissan quedó hecho una tembladera. Enfilamos hacia el centro de la ciudad. Bruno iba decepcionado: tanto esfuerzo para lograr una pistola cuarenta y cinco.

Con Vilma duré poco. Las putas son exigentes, caprichosas. Salía del burdel en la madrugada, llegaba a la habitación a dormir conmigo hasta mediodía, y luego partía hacia casa de su madre, donde la esperaba la mocosita. Una noche me harté.

Para entonces Bruno y yo habíamos dado un par de golpes, suficientes para que me fuera lejos de esa puta y de esa zona. Alquilé una casa por San Ramón, en las faldas del volcán, sólo para mí. Las cosas comenzaban a ir mejor. Me quedé, además, con un auto, gracias a Néstor, el compadre de Bruno, quien nos compraba la mercancía, dueño de un taller mecánico y con buenos contactos. Me consiguió placas limpias, pintó el auto de azul y adaptó la tarjeta de circulación. Pronto me vi dueño de un Honda Civic, modelo 89.

Nuestro trabajo se especializó. Cada semana conseguíamos un auto de lujo, último modelo, bajo indicaciones precisas, el cual entregábamos a Néstor, quien lo hacía desaparecer a través de sus redes. Pero no podíamos operar de buenas a primeras: los autos pertenecían a ricachones siempre rodeados de guardaespaldas, y además tenían cristales polarizados. Necesitábamos mucha observación y chequeo, hasta estar seguros de que el objetivo era vulnerable, entonces procedíamos. Buscábamos el momento en que el auto era conducido por una mujer o por jóvenes desarmados. Néstor nos advirtió que trabajábamos para una red poderosa y que las operaciones debían ser limpias, sin sangre. La regla era no preguntar. Me pagaban dos mil colones por auto; la misma cantidad recibía Bruno.

Por esa época me encontré a Saúl, un sargento de primera línea, con quien realicé la operación más audaz de la guerra. Fue en el último año; pronto se firmaría la paz. Se trataba de liquidar al Estado Mayor de los terroristas en el departamento de Chalatenango. El Alto Mando escogió a una docena de los mejores combatientes del Acahuapa —entre ellos Saúl y yo—, y nos transportaron en helicóptero al cuartel El Paraíso. La operación era secreta. Los terroristas habían aflojado sus líneas defensivas, confiados por la inminente firma de la paz. El plan era sencillo, pero arriesgado. El jefe del Estado Mayor terrorista, el comandante Isaías, había ofrecido una conferencia de prensa el día anterior en la población San José Las Flores y, de acuerdo con los reportes de inteligencia, tendría que movilizarse a más tardar en dos días hacia la población Las Vueltas. Nosotros teníamos que infiltrarnos hasta la carretera que unía ambos puntos y emboscar el camión en que se conducían los jefes terroristas. Debíamos caminar toda una noche en la propia retaguardia del enemigo y salir de la zona antes de que nos cercaran. Nos mostraron diapositivas del rostro de Isaías y otras del camión, a fin de que no hubiera margen de error. Eran catorce terroristas, incluido el jefe, los que viajaban en el camión, sin avanzada ni retaguardia, muy confiados, a las cuatro de la madrugada. No tuvieron oportunidad de reaccionar: el fuego de dos lanzagranadas M-79, de dos ametralladoras .30 y de nuestra fusilería, los fulminó en segundos. Incluso bajamos a rematarlos —Saúl le dio el tiro de gracia a Isaías—, antes de activar el plan de retirada. Ninguno de nosotros sufrió siquiera un rasguño. En el cuartel nos recibieron como héroes.

Ahora me encontré a Saúl en una cervecería llamada Las Arcas, antes del mediodía, cuando apenas había clientes. Me saludó, contento, un poco más gordo, con su perfil de indio y sus bracitos reptiles. Yo estaba solo, quitándome la resaca. Recordó los viejos tiempos. Le dije que no tenía empleo fijo, que ahí me la iba llevando, haciendo algo por aquí, otra cosa por allá, la reinserción había sido difícil. Saúl me contó que estaba trabajando con el mayor Linares —quien también había sido mi jefe en el batallón—, realizaban operaciones especiales, secretas, desvinculados orgánicamente de la institución, pero siempre en la lucha. Le pedí que me contara más. Respondió que no podía, era delicado, a menos que yo tuviera interés en entrarle, en platicar con el mayor Linares, para que él mismo me explicara. Me quedé pensando. No había prisa, se trataba nada más de ganarse unos pesos extra con las cosas que ya sabíamos, me dijo. Quedamos de encontrarnos en esa misma cervecería, a la misma hora, dos días más tarde.

## 10

Lo comenté con Bruno. Me dijo que no perdería nada, que me entrevistara con el mayor Linares; el negocio de los autos nos dejaba tiempo libre. El mayor era un tipo listo, con muchos contactos y de absoluta confianza, insistió Bruno, por lo que si estaba metido en operaciones secretas, seguro que nosotros encajaríamos. Bruno quería participar. Le propuse que me acompañara a la próxima cita en Las Arcas. Saúl se alegró de ver a Bruno: nada mejor que los antiguos guerreros del Acahuapa volviéramos a estar juntos; dijo que el mayor Linares quería verme ahora mismo, aparecería en cualquier momento. Y no había ningún problema de que Bruno se incorporara: el mayor lo conocía suficientemente. Bebimos un par de cervezas. Saúl no quiso dar más detalles sobre las operaciones; era mejor que el mayor nos lo dijera, pero sí repitió que se trataba de la continuación de la lucha contra los terroristas. Al poco rato vimos que una Van con cristales polarizados se estacionaba frente a la cervecería. «Es el mayor», dijo Saúl. Se puso de pie, pidió que lo esperáramos y se dirigió hacia la Van. Luego lo alcanzamos. El mayor puso la marcha de inmediato. «Se te ve bien, Robocop», dijo. Era un tipo flaco, pero fuerte, narizón y de ojos verdes. Mientras circulábamos nos explicó la misión: los de inteligencia habían detectado que los terroristas no habían desmontado todas sus estructuras de comandos urbanos, sino que mantenían un par de ellas congeladas, creyendo que podían engañarnos; por eso el Alto Mando había autorizado la creación de una unidad cuya misión consistía en detectar y aniquilar esas estructuras clandestinas de los terroristas. Esta unidad operaría totalmente desligada de las Fuerzas Armadas, continuó el mayor, de tal manera que si había problemas el Alto Mando diría que nosotros estábamos actuando por nuestra cuenta y no tendríamos ninguna ayuda. ¿Nos quedaba claro? ¿Entendíamos por qué él quería a los mejores hombres, a los más probados y eficaces? Se trataba de una delicada operación de inteligencia que nos haría recordar nuestros mejores momentos. ¿Contaba con nosotros? ¿Estábamos decididos? Por supuesto, dijimos con Bruno. Pregunté cuántos integrantes tendría la unidad. El mayor dijo que por la naturaleza de la misión accionaríamos en grupos mínimos, compartimentados, que Saúl funcionaría como enlace y los tres (Saúl, Bruno y yo) formaríamos la unidad operativa. Antes de dejarnos cerca de la cervecería, el mayor preguntó si Bruno y yo teníamos que ver con el asesinato de un matrimonio de ancianos alemanes en un asalto frustrado unos meses atrás. Nos tomó por sorpresa. «¿Por qué, mi mayor?», preguntó Bruno. «Eso lo hicieron con las patas —dijo—; habrá que limpiarles el expediente.» Saúl sonrió. Los tres regresamos caminando a Las Arcas, a beber otro par de cervezas, a establecer los mecanismos de contacto.

11

Hicimos de Las Arcas nuestra base de operaciones; estaba ubicada en el centro de la ciudad, a una calle de la Alameda Juan Pablo II, y Herminio, el dueño de la cervecería, era confidente de la policía desde el principio de la guerra —según nos confesó. En ese entonces no comprendí que la policía ya no pertenecía a las Fuerzas Armadas, sino que se había formado un nuevo cuerpo infiltrado por los terroristas.

Nos encontrábamos en Las Arcas, cada tercer día, en espera de indicaciones; pero Saúl decía que el mayor aún no se reportaba. Bruno y yo continuamos con el negocio de los autos, sin contratiempo. Alrededor de tres semanas más tarde Saúl llegó emocionado, frotándose las manos, con la noticia de que ya teníamos misión. Nos indicó que lo acompañáramos, a un par de calles de ahí, donde había dejado estacionada la camioneta que nos habían asignado. Era una Ford, color blanco, con los cristales polarizados y sin asientos traseros, equipada con radiotransmisores y aparatos de escucha.

«Micrófonos direccionales», nos explicó Saúl, ufano. En el último año, éste se había especializado en técnicas de comunicación; nos dijo que con esos aparatos instalados en la camioneta podíamos rastrear e interceptar llamadas telefónicas, escuchar conversaciones hasta a cincuenta metros de distancia, dar seguimiento a un objetivo únicamente a través de su radiotransmisor. En seguida, Saúl nos mostró una carpeta en la que estaban los datos y las fotos de nuestro objetivo. El tipo se llamaba David Célis, su seudónimo era «comandante Milton», pertenecía al más pequeño de los grupos terroristas, se desempeñaba como diputado suplente, durante la guerra fue jefe en varias zonas y al final dirigió los comandos urbanos; de treinta y cinco años de edad, casado con otra terrorista de nombre Luisa, tenían una hija de tres años; vivía en la colonia San Luis, se movía en su Datsun sin guardaespaldas (aunque siempre portaba pistola y era diestro en su uso), casi nunca llegaba a la Asamblea Legislativa, pues la mayor parte de su tiempo lo dedicaba a labores partidarias, entre éstas —según los informes de inteligencia— mantener una estructura clandestina de comandos urbanos; un último detalle: el tipo era un marihuano compulsivo.

Entonces comenzó el trabajo intenso; Bruno y yo no tuvimos más tiempo para el negocio de los autos. Pasábamos horas metidos en la camioneta, pegados a Milton como su sombra, monitoreando sus encuentros, interfiriendo y grabando todas sus llamadas telefónicas, las conversaciones a través de su radiotransmisor. Establecimos sus rutinas, sus enlaces partidarios, sus abastecedores de marihuana, las cervecerías donde le gustaba beber. Saúl pasaba frente a los aparatos de intercepción, Bruno manejaba la camioneta y yo coordinaba los seguimientos sobre el terreno, cuando el tipo estacionaba el auto y se movía a pie. Llegamos a identificarnos tanto con ese sujeto, a conocerlo, a prever sus movimientos y conversaciones, que hubo un momento en que ya sabíamos qué respondería, lo que propondría, cuál sería su próximo paso. A la tercera semana el mayor Linares nos envió la orden de presentar un informe detallado de las actividades del comandante Milton y anexar un plan de aniquilamiento. Establecimos el mejor momento para montar el operativo, el instante en que el tipo era más vulnerable, cuando su capacidad de reacción se reducía al mínimo. Enviamos el informe y el plan detallado, en espera de aprobación. Continuamos la vigilancia. Afinamos aún más el plan antes de que nos llegara la respuesta positiva con la fecha de ejecución.

El operativo lo realizaríamos un lunes a primeras horas de la mañana. El jueves y el viernes anteriores nos dedicamos a reconfirmar la rutina, a verificar nuestras posiciones sobre el terreno y la ruta de escape. Sábado y domingo fueron días muertos; el mayor Linares recomendó que nos relajáramos y me envió una pistola con silenciador para que la operación fuera limpia.

El tipo llegaba todas las mañanas, de lunes a viernes, a eso de las siete y cuarto, a dejar a su hija –«La Pili», como le decían– en la guardería. Viajaban solos, él y la niña. Al salir del auto, el tipo la llevaba tomada de la mano o la cargaba en brazos. Esa mañana, desde las siete y siete minutos, estuve apoyado en un arbusto, a unos cinco metros de la entrada de la guardería –con mis tenis y una cachucha de beisbolista–, concentrado en la lectura del periódico; Saúl estaba en la esquina, como a cuarenta metros, y, a una calle de ahí, Bruno permanecía en la camioneta Ford. El tipo salió del Datsun, luego abrió la puerta derecha para sacar a la niña, la tomó de la mano y se encaminó hacia el portón de la guardería. Yo avancé con la pistola escondida dentro del periódico, me le acerqué por la espalda, le puse el cañón en el cerebelo y lo despaché. El tipo no alcanzó a darse cuenta. Me retiré caminando a toda prisa y, al llegar a la esquina, corrí hacia la camioneta.

Una operación limpia, pero que levantó tremendo desparpajo, porque se trataba del primer jefe terrorista muerto luego del fin de la guerra. Hubo bulla en los periódicos y en los noticieros, declaraciones de los políticos, condenas al hecho hasta de las Fuerzas Armadas, promesas de investigación a fondo por parte del gobierno.

Saúl desapareció con la camioneta Ford y con la pistola. El mayor Linares ordenó que saliéramos de circulación hasta nuevo aviso, no debíamos mezclarnos en otra actividad ni frecuentar los lugares desde los que habíamos operado en esta misión. Cada quien recibió el dinero equivalente a tres meses. Pero la cosa se calentó más de lo previsto. A los pocos días el mayor Linares llegó a mi casa —acompañado de Saúl— a decirme que tenía que irme del país un par de meses, mientras el caso se enfriaba, porque llegaría un equipo del FBI a investigar los hechos.

Las cosas habían cambiado. Unos años atrás nadie hubiera dicho nada porque se liquidara a un terrorista, pero ahora, con ese palabrerío de la democracia, tipos como yo encontrábamos cada vez mayores dificultades para ejercer nuestro trabajo. El mayor Linares trató de explicármelo, en esa ocasión que llegó a mi casa: dijo que los del FBI meterían sus narices por todos lados, revisarían archivos, entrevistarían a los testigos que me habían visto a la entrada de la guardería, y que si los gringos me descubrían las Fuerzas Armadas tendrían que entregarme y él no podría hacer nada por mí.

No tuve otra opción.

Al día siguiente partí hacia Guatemala.

## 12

El mayor Linares me recomendó con el coronel Castillo, su gran amigo finquero en Guatemala. Me incorporé a la escolta de éste. Pasaba en el campo la mayor parte del tiempo. El hombre tenía una media docena de fincas en Alta Verapaz, dos de ellas en zonas colindantes con los teatros de operaciones de la guerra antisubversiva. Los otros cinco escoltas del coronel también habían sido soldados —«kaibiles», les llaman allá a los especiales. Conversábamos mucho sobre la guerra. Ellos creían que los salvadoreños éramos inútiles, por eso habíamos tenido que pactar con los terroristas, algo que en Guatemala no sucedería. Yo les expliqué que los del batallón Acahuapa nunca fuimos derrotados, que la manera como acabó la guerra era culpa de los políticos.

Me hice amigo de un colega al que le decían Sholón. Era un ladino zamarro, enano, de cabeza grande; también había sido sargento, pero cuando al coronel le dieron de baja, luego del último golpe de Estado, éste se lo llevó como jefe de escoltas. Al

Sholón le encantaba hablar y contar anécdotas. Yo era su público ideal: soy hombre de pocas palabras y no quería que allá supieran mi historia. Me explicó los métodos que utilizaron para ablandar a la población y limpiar de terroristas la zona: cada kaibil debía violar y descuartizar a una niña y luego beber su sangre, dijo. Cosas de indios.

Estuve en Guatemala poco más de cuatro meses. Luego me harté; no tenía noticias de Bruno, ni de Saúl, ni del mayor Linares. Yo ya no estaba para andar de guardaespaldas en tierra desconocida, cuando había dejado mi casa, mi auto y mis pertenencias esperando en mi patria. Tampoco me gustó el frío calador en las noches, ni las indias feas y enanas, ni verme rodeado de nativos que hablaban una lengua que yo no entendía. Entonces decidí regresar, correr el riesgo; calculaba que a esas alturas ya la investigación había terminado y los gringos se habían retirado. No me despedí del coronel, no fuera ser que consultara con el mayor Linares y éste le dijera que me retuviera más tiempo en Guatemala. Aproveché un fin de semana para largarme con mis pocas cosas.

Mi casa y el auto se los había dejado a Bruno para que los cuidara, les diera mantenimiento; le entregué dinero para que pagara la renta de tres meses, tiempo máximo que creí estar fuera del país. Pero al regresar encontré mi casa de San Ramón habitada por otras personas. Me dijeron que ellos —un matrimonio con dos niños— tenían un mes de haberse mudado, no conocían a ningún Bruno, la casa estaba desocupada y habían firmado contrato por un año con la dueña. Tomé un taxi hacia donde mi primo Alfredo. Era como si hubiera dado vuelta en círculo y ahora volviera a empezar desde el mismo sitio. Alfredo se comportó con igual hospitalidad; Guadalupe estaba desconcertada. Me instalé en la habitación de siempre, les conté que había andado de arriba para abajo, últimamente en Guatemala, en diversos trabajos, pero que alguien a quien consideraba mi amigo se había aprovechado de mi ausencia para quedarse con mis pertenencias, aunque pronto daría con él y recuperaría mis cosas.

Al día siguiente, desde muy temprano, me aboqué a la búsqueda de Bruno. Fui a su guarida, en San Marcos, pero ya no vivía ahí. Entonces me dirigí al taller de Néstor, el compadre de Bruno que nos compraba los autos; estaba ubicado en la colonia La Rábida y funcionaba como despensa clandestina en la que se podía conseguir cualquier mercancía. Pero algo raro estaba sucediendo. Cuando nos aproximábamos en el taxi, vi el taller clausurado y a una pareja de detectives vigilando desde un carro. Le dije al taxista que siguiera de largo.

En seguida fui a la cervecería Las Arcas. Le pregunté a Herminio, el dueño, si no había visto a Bruno o a Saúl. Me respondió que desde hacía más de una semana que ninguno se aparecía por ahí. Inquirió a su vez dónde me había metido en los últimos meses. Le dije que había ido a Los Ángeles, a visitar a mis familiares. Luego vino a sentarse a mi mesa, y comentó que probablemente Bruno estaba guardado, escondidito, que al parecer había caído una red con la que éste tenía contacto —era lo que le habían insinuado sus enlaces en la nueva policía. ¿Cuál red?, inquirí. Me sugirió que viera los periódicos de los últimos días. Até cabos: era el negocio de Néstor el que había sido desmantelado. Herminio trajo los periódicos de esa mañana. Y allí estaban las fotos de Néstor y sus ayudantes; se mencionaba la existencia de una red internacional dedicada al tráfico de autos robados, cuyo cabecilla en San Salvador era un sujeto conocido como

43

«el Coyote», ex jefe de seguridad de la Asamblea Legislativa, quien aún permanecía prófugo. Ni mi nombre ni el de Bruno aparecían mencionados.

Esa noche, Alfredo regresó preocupado. Cuando Guadalupe se metió al baño, él me condujo a mi habitación, con gesto conspirador, para decirme que uno de sus contactos en la policía había llegado esa tarde al Ministerio, a preguntarle si él era familiar mío, si me había visto en los últimos días, si yo era dueño de un Honda Civic azul, si sabía dónde podía encontrarme. Le respondió que tenía tiempos de no verme, que no sabía si yo tenía auto. Pero la cosa era delicada, me advirtió Alfredo, pues habían encontrado ese Honda a mi nombre en el taller que servía de guarida a la banda de traficantes de autos robados.

Esa misma noche, visité La Piragua, el viejo burdel donde había encontrado a Bruno varios meses atrás. Si éste andaba a salto de mata, tarde o temprano aparecería por ese sitio. El tiempo no había pasado: las mismas putas y la mirada hostil de Vilma. Bebí un par de cervezas. Luego me metí en una habitación con ella. Una vez adentro, en seguida comenzó a pujar, a arañarme, a decir que yo era un hijo de puta, la había abandonado cuando ella estaba enamorada de mí, aunque aún me quería más que a nadie, y todas esas cosas que las mujeres dicen cuando tratan de envolverlo nuevamente a uno. Luego de que terminamos, me preguntó qué me había hecho en los últimos meses, a qué me había dedicado. Repetí lo de la visita a mis familiares en Los Ángeles. Y entonces le dije que había perdido contacto con mis amigos, en especial con Bruno, ¿lo recordaba?, aquel al que le decían «Pichojo», ¿de casualidad seguía visitando el burdel? Me dijo que había estado en esa misma cama, con ella, tres noches atrás. Le pedí que cuando volviera a verlo le dijera que yo ya había regresado de Los Ángeles, que estaba donde siempre y me urgía verlo. Me pidió que la esperara hasta que terminara de chambear, se moría de ganas de pasar la noche conmigo, podíamos quedarnos ahí mismo, en esa habitación de La Piragua, ella estaba tan contenta de haberme reencontrado, debíamos celebrarlo, meternos en la cama hasta quedar exhaustos. Le expliqué que acababa de aterrizar, esa tarde, luego de ocho horas en el aire, necesitaba descansar, reponerme, mejor lo dejábamos para mañana. Hizo una mueca.

## 14

Nos encontramos, casualmente, en la parada de buses frente a Las Arcas. Él maniobraba de salida; yo de entrada. «¿Qué hiciste con mis cosas, cabrón?», le pregunté cuando ya nos habíamos sentado y pedido sendas cervezas. Bruno andaba asustadísimo. Todo había caído en el taller: no sólo había perdido mi Honda, sino que él tampoco podía utilizar su Mitsubishi, porque los archivos estaban en manos de la policía y resultaba difícil saber hasta dónde habían cantado Néstor y sus ayudantes. ¿Y qué hacía mi carro en ese taller? Tuvo que desmontar mi casa: yo le había dejado dinero para dos rentas y la situación no estaba como para andar pidiendo créditos. Lo que me quería decir era que en el taller de Néstor también estaban guardados mis muebles y aparatos eléctricos y, lo que era aún peor, mis fusiles y granadas. Estas armas eran las que habían sido mostradas por la policía a los reporteros como evidencia de que se trataba de una banda peligrosísima. En ese momento Herminio se acercó a nuestra mesa. «Al fin lo encontraste», me dijo. Le pregunté si no había visto a Saúl. Para nada, respondió. Y mencionó que ese asunto del taller de autos robados estaba comenzando a tirar mierda con regadera, según le habían confiado sus contactos en la policía, y que si nosotros habíamos tenido algo que ver con eso más nos valía desaparecer por un rato. Comprendí que no era un consejo sino una advertencia, que los detectives ya estaban detrás de nuestros huesos, quizás en esa misma cervecería. Una vez que Herminio nos dejó solos, le dije a Bruno que nos fuéramos de inmediato, había sido una equivocación meter mis cosas al taller de Néstor, pero si todo estaba ya perdido no había nada que hacer, que mejor cada quien se las ingeniara para esconderse y sobrevivir. Debíamos mantener contacto dos veces por semana en La Piragua, pues Herminio y su cervecería me daban mala espina.

Regresé a la casa de mi primo Alfredo. Yo había abandonado el país ante la posibilidad de que descubrieran mi participación en la eliminación del comandante Milton, y ahora la policía comenzaba a cercarme por los autos que le conseguíamos a Néstor. Ya no me sentiría seguro ni en casa de Alfredo: no podía confiar como antes en aquellos que mantuvieran contacto con la policía, un cuerpo dirigido por civiles e infiltrado por los terroristas. Me quedaba un poco del dinero ganado en Guatemala, una cuenta de ahorros que había abierto antes de irme y un aparatito automático, de allá de donde el coronel Castillo. Decidí conseguir una habitación lejos de las zonas donde había operado anteriormente. A la mañana siguiente, una vez que Alfredo y Guadalupe habían salido para el trabajo, guardé mi ropa y demás cosas en un par de maletines, me acomodé en la cintura el aparatito automático, le dejé una nota a Alfredo en la que le daba las gracias y le comunicaba que regresaría en un par de semanas, y partí.

En el centro de la ciudad, en un comedor de la calle Arce, me instalé a revisar las páginas de clasificados de los periódicos. Me decidí por una habitación ubicada en Santa Tecla, al otro lado de la ciudad. Por suerte aún conservaba aquella credencial que me había conseguido Néstor en la que se notificaba que yo era supervisor de la compañía Servider, una empresa privada de seguridad. Era un mesón de mala muerte, donde buscaría ser visto lo menos posible, porque la parvada de orejas probablemente ya tendría mi descripción. Fue un mes en el que no hice nada: parte del día me la pasaba en los cines Darío, Izalco y Alameda, donde exhibían dobles funciones de películas pornográficas; en las noches me tomaba algunas cevezas en un comedor ubicado a dos cuadras del mesón y lo que restaba del tiempo me la pasaba durmiendo, profundamente, como si me estuviera reponiendo de una fatiga de años, como si por primera vez tuviera la oportunidad de descansar a mis anchas, sin la idea de que pronto tendría que embarcarme en una nueva operación.

Durante ese periodo no me acerqué a Las Arcas, ni a casa de Alfredo, ni a La Piragua: mi instinto me decía que si Bruno era capturado conduciría a los detectives directamente al burdel donde habíamos acordado encontrarnos. Ahora leía con especial detenimiento los periódicos, pues quería estar enterado de todo lo que se decía sobre el taller de Néstor: el hecho se convirtió en la principal noticia durante una semana. Los periodistas nos llamaban «La banda de los coyotes», debido a que al supuesto jefe de la banda le decían el Coyote —un tipo al que yo jamás había visto hasta que un día apareció en la primera plana de los periódicos, recién capturado junto a su hijo, en una lujosa casa de la colonia Escalón, donde encontraron autos robados (creí reconocer un BMW) y armas. Resultaba que el tipo tenía vínculos políticos, por lo que el caso se complicaba. No me hubiera extrañado encontrarme de pronto con mi foto y mi nombre en letras de imprenta; razón de más para permanecer en mi retiro hasta que la situación se enfriara.

## 15

Semanas después, cuando ya no se hablaba de
«La banda de los coyotes», decidí darme una vuelta por la cervecería de Herminio, con mucho cuidado, porque podía estar sujeta a vigilancia por los
detectives que andaban tras mis huesos. Estuve un
rato en las paradas de buses de los alrededores, alerta, detectando, con mi aparatito automático listo,
pero me pareció que podía entrar, tomarme una
cerveza, sondear a Herminio y luego desaparecer
rápidamente. Y así actué. Herminio se acercó a mi
mesa, sonriente, como si nada hubiese sucedido, a
preguntarme qué me había hecho en las últimas semanas, si había regresado a Los Ángeles; dijo que
tampoco Bruno había aparecido y Saúl andaba bus-
cándonos. Le pregunté si alguien aparte de Saúl había preguntado por mí. Respondió que no.

Y a la siguiente noche, temprano, me acerqué a
La Piragua, con igual recelo, a esperar a Bruno, en la
mesa más escondida, al fondo del patio, desde donde saldría por la parte trasera del burdel en caso de
que fuera una celada. Vilma estaba a mi lado, pre-

guntando de nuevo sobre mi vida, bebiendo su Coca-cola, segura de que Bruno aparecería en cualquier momento, porque él así se lo había asegurado, tres días atrás, cuando llegó con Saúl, buscándome, preocupado por mi desaparición, dejándome el mensaje de que ahora estaría ahí, a la hora acordada.

Los vi entrar, ansiosos, alzando sus cabezas en mi busca. Tenía la automática lista, entre mis muslos. Vinieron hacia mi mesa. Le ordené a Vilma que desapareciera. No me puse de pie. Les dije que se sentaran, tranquilos, a beber una cerveza, para que me contaran cómo estaban las cosas, qué se traían entre manos. Bruno me informó que la investigación en torno al taller de Néstor se había movido hacia arriba, hacia las cabezas, para desactivar el círculo que apoyaba al Coyote, según le habían contado sus confidentes en la policía, y que las pistas que conducían hacia nosotros no eran ya una prioridad. Saúl comentó que probablemente el mayor Linares había tenido que ver en eso, no sabía de qué manera, pero lo cierto era que el jefe le había pedido localizarnos porque teníamos que reactivar la unidad operativa de inmediato. No me gustaba la idea de encontrarme con el mayor Linares y tener que explicarle por qué me había regresado de Guatemala sin su autorización; pero tampoco me hacía gracia seguir viviendo a salto de mata, escondido en aquel cuchitril la mayor parte del tiempo y a punto de que se me acabara el dinero. Les propuse que nos fuéramos de La Piragua, ese sitio aún me daba desconfianza. Vilma me vio pasar con desprecio.

Saúl manejaba una *pick-up* Nissan, de doble cabina, polarizada; explicó que ese era el nuevo auto que nos había asignado el mayor Linares. Pregunté si ya sabían cuál sería la misión. Aún no, dijo Saúl. Salimos de Soyapango, cruzamos el centro de la ciudad y enfilamos hacia la zona sur hasta que alcanzamos un ranchón ubicado en la salida al aeropuerto. Durante el trayecto, Saúl me preguntó cómo me había ido por Guatemala, a qué me había dedicado, si no me había tenido que despachar a ningún chapín. Le contesté que me había ido bien, aunque sólo había estado en el monte −y les mostré mi nuevo aparatito automático.

El mayor Linares ya estaba en el ranchón, en una mesa, con una cerveza, esperándonos. «Al fin te encontraron, Robocop», me saludó. Nos sentamos. Dijo que Bruno y yo habíamos estado cerquita de ser devanados, cómo se nos pudo ocurrir trabajar para «La banda del Coyote», había sido una animalada, debimos haberle contado, sobre todo cuando estábamos participando en una operación delicadísima como la del comandante Milton. Y yo −agregó, señalándome− no podía haber metido más las patas, al regresarme de Guatemala en el peor momento, sin dar las gracias ni despedirme de mi jefe, una verdadera indisciplina, qué putas me pasaba, qué mierdas me creía, dónde estaba mi sentido del deber. Le sostuve la mirada, pero no hallé qué responder. El mayor Linares dijo que por suerte la investigación sobre la muerte de Milton estaba paralizada, pese a las presiones de los gringos. Debíamos reactivar la unidad, establecer puntos de contacto y esperar en los próximos días las orientaciones sobre la siguiente misión; Saúl continuaría funcionando como enlace. Le dije que yo estaba seco, lo había perdido todo, necesitaba dinero, con urgencia; Bruno dijo que él también. Prometió que al día siguiente nos lo haría llegar a través de Saúl.

# 16

La primera misión consistió en dar seguridad a un furgón que saldría de la ciudad de Usulután con destino a San Salvador, a través de la carretera Litoral, unos cien kilómetros con regular tráfico, pero riesgosos a causa de los retenes establecidos por las bandas de ladrones y también por la policía. Tuvimos acceso a dos autos (la *pick-up* Nissan y un Toyota Corolla), tres fusiles AK-47 y dos aparatos de radiocomunicación. Saúl viajó en el Toyota, unos cien metros adelante del furgón, en tanto que Bruno y yo íbamos en la *pick-up* a igual distancia detrás. Nuestra responsabilidad era escoltarlo hasta el estadio Flor Blanca, a partir de ahí debíamos perdernos; si encontrábamos un retén de ladrones en la carretera teníamos que aniquilarlos, pero si la policía detenía al furgón, el conductor y su ayudante resolverían la situación. El operativo salió limpio, sin contratiempos. Me hubiera gustado algo de acción, para desentumecerme. Durante el trayecto, Bruno especuló sobre las posibles mercancías que el mayor Linares transportaba en ese armatoste.

En la segunda misión hubo trampa: no hicimos seguimiento ni comprobamos información, sino que de un momento a otro se me ordenó que operara; y tuve que usar mi propia pistola. Estábamos estacionados frente a la casa del objetivo, cuando llegó un auto y Saúl me dijo: «ésa es la mujer, andá, metela a la casa y la rematás; son las órdenes del mayor».

La sorprendí en la cochera. Venía con sus dos pequeñas hijas. Creyó que era un asalto: me entregó las llaves del auto y me pidió que no les hiciera daño. Les ordené que entraran a la casa. Ella me dijo que podía llevarme lo que quisiera, que por favor no las fuera a maltratar. Estábamos en la sala. Le disparé una vez en el pecho y luego le di el tiro de gracia. Salí de prisa y entré al auto en el que me esperaban Bruno y Saúl.

La muerte de esa mujer levantó más alboroto que el caso del comandante Milton o que las capturas de Néstor y del Coyote. Los periódicos y los noticieros tronaron: era una barbaridad el nivel que había alcanzado la delincuencia, cómo era posible que se hubiera asesinado a una mujer de buena familia frente a sus pequeñas hijas de manera tan infame, el gobierno debía de convertir este crimen en un test que demostrara su firme decisión de erradicar la criminalidad.

Al tercer día después del operativo, Bruno me propuso que lleváramos a cabo una acción rápida para conseguir más dinero, porque seguramente el mayor Linares pronto nos ordenaría desaparecer.

Gracias a una conocida, Bruno sabía de una agencia de viajes en la que se manejaba bastante efectivo y que permanecía sin seguridad propia ni alarma, ubicada en un centro comercial, de fácil acceso, en la carretera hacia Santa Tecla. Decidimos operar de inmediato, esa misma tarde. Conseguimos un auto media hora antes, entramos intempestivamente a la agencia, obligamos a los empleados y a los pocos clientes a tirarse al suelo. Bruno se quedó cerca de la entrada, vigilando, y yo fui hacia el fondo, adonde el gerente, quien temblaba, balbuceante, y se tardaba un mundo en abrir la caja fuerte. No me gustó la forma como me miraba. Tomé el dinero y le disparé en la sien; Bruno se despachó a una empleada que permanecía en el suelo –era quien le había suministrado la información sobre la agencia, me explicó cuando íbamos en el auto. Conseguimos dinero para salir de cualquier apuro.

Le dije a Bruno que me dejara en el comedor, cerca del mesón de Santa Tecla, y que luego abandonara el auto, pues ya estaría quemadísimo. Entré a beber una cerveza, a pensar qué haría si el mayor Linares me ordenaba una vez más que me perdiera de vista hasta próximo aviso. Palpé el sobre de papel manila repleto de billetes que guardaba en la bolsa de mi chaqueta de mezclilla. Tomaba mi cerveza cuando tuve un presentimiento. Eran pasadas las cinco de la tarde. Pagué la cerveza y salí a la calle. Un tipo que estaba en el comedor salió tras de mí. Había una pareja de detectives en la esquina. La manzana del mesón estaría infectada de policías; caminé en sentido opuesto, tranquilo, alejándome. El tipo que había salido del comedor hizo una señal a los que estaban en la esquina. Caminaron de prisa, tras de mí. Fui disminuyendo el paso, distraído, permitiendo que se me acercaran. Venían como a diez metros, cuando me di vuelta bruscamente, con la automática en la mano, y los embestí. El primero cayó sin alcanzar a sacar su arma. Luego rodé por la calle y fulminé a los otros dos. Corrí hacia la esquina. Al tipo de la Cherokee que hacía alto el tiro le entró por el ojo: empujé su cuerpo hacia el asiento derecho y me puse al volante. Por el retrovisor alcancé a ver a otros tres detectives que corrían, disparando. Tenía por lo menos un minuto antes de que ellos activaran un plan de seguimiento. Aceleré a fondo hacia Ciudad Merliot. Dos kilómetros adelante, me metí a una calle lateral, abandoné la Cherokee, me abalancé hacia el primer auto que se detuvo en la bocacalle y encañoné a la mujer encopetada. Entré al asiento trasero, me tiré en el piso, con la automática clavada entre las costillas de la mujer. Le ordené que condujera hacia San Salvador por la carretera antigua, que no se detuviera ante nada; y le advertí que no fuera a hacer el menor aspaviento porque sería el último de su vida. Cuando bajábamos por la Autopista Sur, frente a la Torre Democracia, me pasé al asiento delantero. La mujer no había parado de hablar en todo el camino, pese a mis amenazas, sin importarle que le ensartara el cañón de mi automática, como una muñeca parlante, me contó la película de su familia, lo bueno que eran sus hijos, lo lindo que eran sus padres, ancianos y enfermos del corazón, y ella, la mujer encopetada, que había enviudado joven, se había sacrificado para sacar adelante a su familia, yo debía comprenderla, ¿o acaso no tenía madre? Le ordené que detuviera el auto. Tomé la cartera con sus documentos. Le advertí que desapareciera inmediatamente y no se comunicara con la policía porque le destruiría el auto y la buscaría para rebanarle el cuello. Pero la mujer no paraba de hablar: ella había hecho tantos esfuerzos para tener su carrito, los ahorros de su vida estaban en mis manos, yo no podía ser tan grosero, insensible. Le pegué con la cacha y la saqué de un empujón. Pero me atarantó con su cháchara. Y en vez de perderme en una ciudad de provincia, de recluirme en algún hotelucho de la costa, enfilé hacia Soyapango.

Dejé el auto a unas cinco calles de la casa de Alfredo. Fui caminando, pensando que no era posible cruzar la frontera hacia Guatemala, estarían esperándome en la estación de autobuses, en los puestos fronterizos. Traté de detectar si la policía también aquí aguardaba mi llegada. El terreno parecía limpio, ni un detective en los alrededores. Di un par de vueltas a la manzana, en busca del menor indicio. No detecté nada. Aún conservaba conmigo la llave de la puerta de entrada. Abrí, sin tocar el timbre, como si todo ese tiempo hubiera estado viviendo ahí. Guadalupe y Alfredo merendaban. Él preguntó dónde me había metido, pensaba que ya no regresaría, como había desaparecido con todas mis cosas; ella me ofreció algo de comer. Le dije que en ese momento no tenía hambre y pasé a la habitación. Una vez que crucé el umbral, distraído, sentí el golpe contundente en la cabeza. De pronto estuve en el suelo, esposado, con el cañón de una automática zampado en mi boca y una punzada por encima de la nuca.

## 17

Mi traslado al Palacio Negro apenas lo recuerdo. En casa de Alfredo, me inyectaron un sedante. No perdí del todo el conocimiento: iba tirado en el piso de una camioneta y el tipo que apoyaba sus pies sobre mi espalda decía con jactancia que debieron haber llevado un camarógrafo para registrar el instante en que me capturaron; después descubriría que se trataba del detective Villalta, quien me había golpeado desde detrás de la puerta. Me tiraron en una celda oscura y pronto quedé fondeado.

Fui despertando, con un agudo dolor de cabeza y el escozor en las muñecas; tenía sed. Una silueta, tras los barrotes, en la penumbra, activó de inmediato un radiotransmisor y murmuró un código. Le dije que tenía sed, que me diera agua. En ese instante llegó un contingente de policías, abrieron la puerta de la celda, me pusieron de pie, me zarandearon y fui conducido por un pasillo hasta una sala donde la luz hiriente y los flashes de los fotógrafos me enceguecieron. Me tuvieron en exhibición un par de minutos, mientras un tipo joven de cachucha —después supe que era el director de la policía— se vanagloriaba ante los micrófonos por mi captura. En seguida me devolvieron a la celda.

Los interrogatorios los realizaron en una pequeña habitación, con silla en el centro y potente lámpara en mi rostro, como en las películas. Pensé que me molerían a golpes y luego empezarían a destazarme, al igual que hacíamos con los terroristas capturados en la guerra; pero corrían otros tiempos: me inyectaron droga. El interrogatorio lo conducía un tipo que se identificó como el subcomisionado Handal; lo acompañaban el detective Villalta y dos custodios. Yo me sentía débil, embotado, pero sólo les di mi nombre, mi rango, mi unidad y les dije que no hablaría sino con un oficial superior que yo conociera. No me movieron de ahí.

Handal me previno: que no me las llevara de listo, la guerra hacía dos años que había terminado, yo estaba preso por delincuente peligroso, acusado de una serie de asesinatos, el peor de los cuales era el de la señora Olga María de Trabanino. Le interesaba saber, en especial, quiénes eran mi jefe y mis compañeros de banda. Sacaba papeles de una carpeta. Leyó un resumen de mi historial como combatiente del Acahuapa y luego mencionó los nombres de distintos jefes y soldados de la unidad, lo hizo lentamente, atento a mis reacciones. Permanecí inmutable.

Hubo un momento en que pareció enojarse. Me espetó que sólo a un energúmeno se le podía ocurrir hacer operaciones de forma tan abierta dadas mis características físicas: había ido dejando testigos que me reconocerían a la primera mirada. ¿No lo había pensado? O mi jefe era un bruto o me tenía suficiente inquina para mandarme a la muerte, porque me pudriría en la cárcel, me condenarían a tantos años como para purgar durante tres vidas. Eso dijo Handal. Me recordó a la sirvienta de los viejos alemanes, a un padre de familia de la guardería de Célis, a las hijas de la señora de Trabanino y a los empleados de la agencia de viajes. Fue cuando intervino Villalta: dijo que ni cortándome las piernas y reduciéndome la cabeza podría pasar desapercibido. Era un chiste.

Entonces Handal cambió de tono. Aseguró que me habían utilizado, se habían aprovechado de mis necesidades y de mi falta de preparación intelectual para usarme a lo bestia. Pero si colaboraba con la policía mi suerte podía mejorar. Seguramente yo le tenía aprecio a mi jefe, dijo, quizás un oficial que se había comportado a la altura de la guerra y me había recontactado luego de la desmovilización. Handal entendía eso, él también había combatido a los terroristas, había golpeado sus redes urbanas como oficial de inteligencia de la Policía de Hacienda. Pero todo eso estaba terminado. Ahora yo debía colaborar para salvar mi pellejo, mencionar un nombre bastaba para que llegáramos a un trato que evitaría me pudriera de por vida en la cárcel. Ahora nadie me ayudaría, yo estaba completamente solo, me advirtió. Algo observaría en mi rostro para no seguir insistiendo.

Hubo otros interrogatorios parecidos, pero no me sacaron palabra. Yo estaba preparado, desde los primeros combates, para resistir en caso de caer en manos del enemigo. Lo que desconocía era esa sensación que me invadía después de los interrogatorios, una vez que el efecto de la droga había pasado: las náuseas, el dolor de cabeza, el entumecimiento de los músculos y una ansiedad que me hacía temblar, como si hubiera perdido el control de mis nervios.

Y entonces, cuando intentaba dormir, comenzaron las alucinaciones, no sueños sino alucinaciones, porque la gente se me aparecía ahí mismo, en la celda.

## 18

Mi madre y mi hermana Elsa entraron a la celda. Villalta las condujo; les dijo que regresaría en media hora. Tenía doce años de no verlas. Me preguntaron cómo estaba. Les conté sobre los efectos de la droga que me suministraban. Elsa quiso que le diera más detalles. «Tu hermana es enfermera graduada», dijo mi madre, orgullosa. «Debe de ser Pentotal», comentó Elsa. Pronto me habitué a sus rostros en la oscuridad; apenas habían cambiado: mi madre baja y menuda; la otra casi tan alta como yo, hombruna. Pregunté cuándo habían regresado al país, cómo habían hecho para que las dejaran entrar a los sótanos del Palacio Negro. Mi madre dijo que todo estaba bajo control, que inmediatamente después de leer la noticia sobre mi captura abordaron el primer avión que salía de Los Ángeles. Le pregunté a qué se dedicaba. Dijo que seguía de empleada doméstica de viejos ricachones, no se quejaba, ambas habían conseguido ya la nacionalidad americana. Mi madre quiso saber qué había sido de mi vida antes de entrar al ejército, luego de que ellas abandonaron el país. Le expliqué que había conservado el empleo de vigilante en la fábrica, que me había mudado a un cuartito siempre en Ilopango. «Tenemos un trabajo para vos», dijo Elsa, «queremos que nos acompañés a Los Ángeles». Miré la oscuridad a mi alrededor. «Nosotros arreglaremos tu salida de aquí», dijo mi madre. Les pregunté qué trabajo querían que realizara. «Hemos encontrado a tu padre», dijo mi madre. Vivía también en Los Ángeles; de casualidad habían dado con él. «Queremos que te lo despachés», dijo Elsa. «¿Cuánto?», pregunté. «¿Cuánto qué?», reaccionó mi hermana. «Cuánto me van a pagar», dije. Mi madre respondió: «Te sacaremos de aquí, te daremos un pasaporte visado, pagaremos tu pasaje hasta Los Ángeles y tendrás quinientos dólares para que en una semana acabés el trabajo. ¿Te parece poco?». Guardé silencio. «Después vos sabrás qué hacer con tu vida», dijo Elsa. Pregunté sobre la situación del objetivo. El viejo trabajaba en una fábrica de vidrio, en las afueras de la ciudad, y vivía sólo con una compatriota jovencita. «Tendrá que ser con cuchillo», dijo mi madre, «un arma de fuego deja mucho rastro de aquel lado». Pensé en el «sacapedos», un método de estrangulamiento fulminante que los terroristas aplicaban a sus prisioneros: los sorprendían con una cuerda por la espalda mientras éstos defecaban. «Quinientos dólares es poco», masvullé. «Pensalo», dijo mi madre. «Es todo lo que tenemos», agregó Elsa. Pronto llegó Villalta. «Cuidate, hijito», dijo mi madre y me besó en la mejilla antes de salir.

En otra ocasión, cuando abrí los ojos me encontré con el Sholón, el kaibil guatemalteco. Estaba sentado en el suelo, con las piernas cruzadas, esperando que yo despertara. Entre ambos había colocado un taburete; sobre éste una vela encendida y un poco de masa encefálica. Le pregunté cómo había logrado entrar. «Conservo mis contactos», dijo. La llama hizo temblar la penumbra. Preguntó cómo me encontraba. Repetí el asunto de la droga. «¿Y eso?», indiqué. Era de Célis. Dijo el Sholón: «Sos una mula. El cerebro no se le saca a tiros al enemigo. El cerebro del enemigo debe sacarse con las propias manos, a golpes. Sólo así se le destruye la voluntad y la inteligencia». Le pregunté si el coronel Castillo estaba enfadado por mi súbito regreso. Pero no me escuchó: «Cuando agarro a un niño enemigo por los pies y lo hago rotar a gran velocidad en el aire hasta despedazar su cabeza contra las paredes, garantizo el sometimiento del enemigo por varias generaciones». Luego tomó la masa encefálica y dijo que no se debe usar pólvora para sacarla, sino las propias manos con una piedra u otro objeto contundente. «Tus manos se deben untar de los sesos del jefe enemigo», insistió. Alguien venía por el pasillo. «Por eso estás preso, porque no entendiste nada cuando estuviste con nosotros», dijo el Sholón mientras se ponía de pie. Villalta abrió la puerta y le ayudó a llevar el taburete y la vela.

Guadalupe llegó después del último interrogatorio; también la condujo Villalta. Ya para entonces me habían pasado a una celda con camastro y luz. Venía arregladita, como si estuviese a punto de partir hacia el cine. Se sentó en el camastro y dijo que debíamos aprovechar el tiempo. Ya despatarrada, gritó de la misma manera, pero ahora no se quejó de Alfredo. Y cuando terminamos me aseguró que ni ella ni mi primo habían tenido nada que ver en mi captura, que los policías aparecieron de pronto y los amenazaron con meterlos presos si no colaboraban. En seguida empezó a chuparme para que le echara otro; ahora me pareció que sus gritos podían escucharse en todo el Palacio Negro. Al terminar se vistió y se maquilló de prisa. Y una vez lista, antes de que Villalta apareciera, me musitó al oído: «dice el mayor Linares que te mantengás firme, que pronto estarás fuera».

## 19

Una mañana me trasladaron del Palacio Negro a los separos del Centro Judicial. El subcomisionado Handal dirigía a la media docena de radiopatrullas escoltas de la perrera en que me conducían. «Te vas a pudrir en la penitenciaría por no colaborar con nosotros», me dijo Handal al entregarme a las autoridades judiciales. Un grupo de reporteros intentó en vano acercarse al sitio por donde entré. Eran como una docena de separos y en cada uno se apretujaban dos o tres reos, pero a mí me dejaron solo: órdenes de arriba para garantizar mi seguridad, dijo el jefe de vigilantes. El juez me tomaría la declaración esa misma tarde. Antes tuve visitas en el separo: un tipo que dijo ser mi abogado de oficio y en seguida un visitador de la inspectoría encargada de vigilar el comportamiento de los policías. Aquél me dijo que haría lo posible por postergar el citatorio, a fin de que tuviéramos más tiempo para ponernos de acuerdo; con el visitador me quejé de las inyecciones con droga. El jefe de vigilantes me comentó que una periodista del *Ocho Co-*

*lumnas* ofrecía dinero si le concedía una entrevista. El abogado me había advertido que no hablara con nadie. Efectivamente, la declaración ante el juez se pospuso. El abogado volvió al final de la tarde y me indicó que una vez que anocheciera, luego del cambio de vigilantes, uno de éstos preguntaría por Juan Alberto P. García —ése era mi nombre pero sin la P—, que lo siguiera con naturalidad, como si estuviera esperando mi orden de liberación, y que una vez traspasada la puerta caminara hacia la calle, alguien me estaría esperando. El vigilante que abrió el separo parecía tranquilo, pero los de la puerta de salida estaban algo nerviosos: comprobaron que yo era Juan Alberto García, hicieron el trámite de rutina y abrieron el portón.

No había terminado de llegar a la acera cuando una *pick-up* de cristales polarizados se detuvo a mi lado. Era Saúl. Llevaba entre las piernas la pistola y a su lado, hundido en el asiento, el radiotransmisor. Conducía con ansiedad. Le pregunté cuánto tiempo tendríamos antes de que se diera la alarma por mi huida. Probablemente hasta mañana temprano, con el cambio de guardia. Cruzamos la ciudad en dirección a la salida hacia la costa. Después de un mes de encierro me fijaba atentamente en las luces de los autos. Me indicó que me pusiera la peluca que estaba en el asiento trasero. Yo necesitaba una pistola, no una peluca. Me dijo que eran las instrucciones del mayor: mi jeta había salido en todos los periódicos y noticieros. Por el radiotransmisor dijeron un código. Comprendí que llevábamos vanguardia. Salimos de la ciudad por la carretera hacia el aeropuerto. Pregunté por Bruno. Estaba bien. Yo era el único quemado, aunque el comando permanecía en el congelador. Ya el mayor me explicaría. Me preguntó si me habían tratado muy mal. Le conté que en el Palacio Negro estuve incomunicado, pero que no me habían golpeado, sólo el malestar por la droga. Ya fuera de la ciudad, abrí la ventanilla: las cigarras zumbaban. «Vas a volar con luna llena», me dijo Saúl y señaló la lunota puesta hacia el lado del mar. Me sacarían esa misma noche, según él entendía, aunque era mejor que el mayor me lo dijera. Enfilamos por la ruta del Litoral. Y media hora adelante, tomamos un desvío de terracería. Era la entrada a una hacienda. En la casa me esperaba el mayor. Me interrogó exhaustivamente sobre las preguntas del subcomisonado Handal y sobre mis respuestas. Le conté que ellos tenían una idea de nuestro tipo de unidad, pero creían que el jefe estaba operando por la libre, sin conocimiento de las Fuerzas Armadas. ¿Nombres? Le mencioné lo de mi historial en el Acahuapa; lo más importante era que a mí no me habían sacado nada; callé lo de las alucinaciones. Quiso saber sobre el asalto a la agencia de viajes, como si Bruno no le hubiese dicho nada. Y me dijo que ahora sí me tendría que ir del país por un largo tiempo, si no es que para siempre, y que al lugar donde llegara tendría que trabajar con disciplina, nada de regresarme cuando se me diera la gana ni de hacer operaciones por mi cuenta. Los ojitos verdes le brillaron raro. Una avioneta me estaba esperando en la pista de la hacienda, dijo. Saldríamos en seguida. El mayor caminó a mi lado hasta la nave. Saúl me acompañaría en el viaje: se sentó atrás del piloto y yo al lado de éste.

Volamos a baja altura siguiendo la línea de la costa. Alcanzaba a divisar la espuma y las luces de los ranchos. Íbamos rumbo al occidente. La luna estaba más arriba. Pensé en el Sholón y en el coronel Castillo. Llevábamos poco más de media hora en el aire cuando el piloto torció hacia mar adentro. «Tenemos que meternos para despistar a los radares», me explicó Saúl con una risita. El agua destellaba. Hubo un ligero balanceo en la cabina. Volteé. Saúl ya empuñaba la pistola. El disparo me pasó zumbando por la oreja. Le tomé la muñeca y de un brinco estuve encima de él. Su brazo tronó: el tiro le desfloronó el pómulo. El piloto trataba de mantener la nave bajo control; apoyé el cañón de la pistola en su nuca. Le advertí que no se las llevara de listo, que volviera por la derecha hacia la costa. El tipo no dijo una palabra. Pronto distinguí las lucecitas y la franja de espuma. Le indiqué que siguiera a baja altura por la misma línea. Ya debíamos haber salido del territorio nacional. Mantuve la pistola apoyada en su nuca. Por momentos alcanzaba a escuchar el ruido de las olas entre el zumbido del motor. Más adelante el piloto dijo que él no tenía nada que ver con lo sucedido, sólo cumplía órdenes de vuelo.

Le dije que siguiéramos hasta que se agotara el combustible. La luna me había quedado en la espalda y la silueta de la nave a veces se reflejaba en el agua. Una hora y media más tarde me señaló el medidor del tablero: la aguja indicaba que estábamos llegando a la reserva. Le ordené que buscara una playa para aterrizar. Me dijo que sería peligroso: presioné su nuca con la pistola. Poco después dijo que esa playa le parecía apropiada y maniobró para meterse en alta mar a dar la vuelta de retorno. Le advertí que no fuera brusco en el aterrizaje. Una vez que detuvo la avioneta y apagó el motor, apreté el gatillo. Salté a la arena. La hélice dejó de girar: sólo quedó el oleaje. Encendí una pira en la cabina con la ropa de ambos y corrí tierra adentro. No volteé a ver la explosión. Caminé a toda prisa por la vereda.

## 20

Avancé la noche entera, a marcha sostenida, como si estuviese saliendo de un cerco en territorio enemigo. Hubo ladridos de perros en un par de ocasiones. Pronto la maleza se hizo más densa, pero la luz de la luna me alumbró a lo largo del camino. Cuando empezaba a amanecer, me volteé: el mar quedaba en la lejanía; y unas montañas oscuras se empinaban frente a mí. Un campesino bajaba por la misma vereda, con un cargamento de leña en la espalda; se asustó al ver la pistola en mi cintura. El cargamento parecía hundir su cuerpo minúsculo en la tierra. Me saludó y quiso irse de paso. Le pregunté dónde podía conseguir agua y algo de comer. Me dijo que lo siguiera. Unos metros más abajo cruzamos por una vereda lateral. Llegamos en silencio a la explanada con tres ranchos. La mujer me sirvió un plato con tortillas y frijoles; los niños me miraban como a un bicho raro. Pregunté qué había en las montañas oscuras. Él me dijo que nunca había ido, pero algunos aseguraban que existía una aldea llamada Las Flores. Le indiqué que necesitaba un machete. Pensé borrarlos, pero eran muchos y terminaría dejando más huellas. Al partir, le advertí al sujeto que yo no existía. Subí colinas a lo largo del día, descansando cuando encontraba un riachuelo. Un volcán humeante, encaramado a mi derecha, me servía de guía. Al atardecer ya caminaba entre pinos; el aire era templado, de olores fuertes. Pasé la noche recostado en la horqueta de un conacaste; dormí, pese al frío.

Por la mañana desemboqué en unos cafetales enanos sembrados en líneas paralelas. Avancé con facilidad hasta topar con un grupo de cortadores. Les dije que iba hacia la aldea Las Flores, pero necesitaba comida. Me miraron con temor; uno de ellos sacó tortillas y volteó hacia las montañas más altas. Pregunté cuánto me hacía falta; dijo que con suerte dos días. A media tarde los cafetales quedaron atrás. Ahora la vegetación se tornó tupida, con grandes árboles repletos de lianas; pero la vereda seguía precisa. Caminé hasta que oscureció. Esta vez limpié un pedazo de terreno y chapodé ramas para montar un pequeño cerco. En plena noche desperté sobresaltado; ya no pude pegar los ojos: permanecí sentado, con la pistola en el regazo. Jamás había escuchado un sonido como el de esos árboles; yo había peleado la guerra en el llano, en una región donde no había semejantes montañas.

Empecé a caminar con la primera claridad, pero a medida que avanzaba los árboles eran más altos y de más denso follaje. Nunca terminó de entrar el sol y perdí de vista el volcán. La vereda continuaba hacia arriba, cada vez más estrecha; pronto tuve que emplear a fondo el machete. Consumí en esa faena las horas, hasta que de pronto salí a un claro, una extensa llanura de zacate peinado por la niebla en la cumbre de esa montaña. Distinguí a mi derecha, y casi a mi altura, el cono humeante del volcán; y adelante, la cumbre más alta, la aldea hacia donde dirigí mis zancadas.

## 21

A media tarde del siguiente día llegué a un alti-
plano en la cumbre de la última montaña. Exhausto, con los zapatos destrozados y la ropa desgarrada,
caminé empujado por las nubes sobre un pasto fino
cubierto de flores silvestres. Me pregunté si no sería
otra alucinación después de tanta droga en la celda.
Pero ahí estaban las cabañas y esos dos tipos que,
con sendos AK-47, me encañonaban desde mis flancos. Ensarté el machete en el suelo y alcé las manos.
El más joven se acercó a registrarme y me quitó la
pistola; el otro, el del bigotito, ordenó que me metiera a una cabaña, con la boca del fusil en mis riño-
nes.

Era la comandancia: una habitación con mesa,
radiocomunicador y aparatos electrónicos; la otra
con un camastro y un pequeño tragaluz —en esa
especie de calabozo me encerraron. Una vez tirado
en el camastro, mis músculos se aflojaron: tuve
hambre y frío. Empezaba a tiritar cuando los tipos
volvieron. Pero ahora eran tres: un viejo canoso,
flaco y de cara consumida, entró tras ellos. Y co-

menzó el interrogatorio. Les dije que venía de El Salvador, la avioneta se había accidentado en la costa, pero yo no quería volver porque me sobraban deudas, y por eso estaba buscando una aldea muy alejada, donde poder instalarme. El Viejo preguntó qué deudas. Les conté la historia de «La banda de los coyotes»: el robo de autos, la caída del taller, un pleito por los despojos y la posterior conspiración para matarme en la avioneta. Les dije que sí, había sido soldado, pero sólo el par de años del servicio obligatorio, y de ahí había entrado al negocio de los autos. Les interesaba saber mi experiencia de combate, a qué unidad había pertenecido, en cuáles operaciones había participado. Entonces caí en la cuenta de que esos tipos tenían el mismo acento que yo. ¿Quiénes eran, qué hacían tan lejos del país, para quién trabajaban? El Viejo era el más zamarro, quien me pedía detalles: «sos hombre muerto, llegaste a un lugar que no existe», me dijo cuando le pregunté dónde me encontraba, a qué país pertenecía la aldea. Y me miró con incredulidad al escuchar que gracias a un campesino de la costa supe que en las montañas oscuras existía una aldea llamada Las Flores.

Entonces me ordenaron que me desnudara. «Vamos a ver si este regalito viene pinchado», dijo el Viejo. Pese al frío, tuve que quitarme la ropa para que la revisaran. En seguida me preguntaron sobre mis relaciones con el ejército de Guatemala y con los gringos. Les dije que ninguna. Y, luego de palpar detenidamente los bordes de mi mudada, el Viejo sugirió que me hurgaran el culo, por si el dispositivo venía escondido. Pero ninguno de los otros dos se atrevió; entonces el Viejo, con mi camisa como guante en la mano izquierda, y con una pistola en la derecha, me ordenó que me acostara boca abajo. Permanecí sentado en el camastro. Repitió la orden. No me moví. Disparó: el tiro pasó entre mis piernas y se incrustó en el suelo de madera bajo el camastro. Le sostuve la mirada.

«Dejalo», le dijo el otro, el del bigotito.

Me dejaron encerrado. Pronto, el más joven trajo comida y un poncho para el frío. Me tendí en el camastro.

Desperté con más hambre. En la habitación de al lado, el Viejo se comunicaba en clave. ¿Quiénes eran estos tipos? ¿A qué se dedicaban? Estuve atento a ver si reconocía algún nombre: el coronel Castillo, el Sholón, el mayor Linares. Pero el Viejo cortó la comunicación y vino a inspeccionar el calabozo. Abrió la puerta, sin entrar, y al verme despierto, dijo que si tenía hambre lo acompañara. Salimos al descampado: la misma luz difusa, el mismo frío, las nubes golpeándome el rostro, el suelo tapizado de florecillas silvestres. Entramos a otra cabaña. Era la fonda, donde una media docena de tipos comía, incluidos los dos que me habían capturado. Me vieron pasar en silencio, midiéndome. El Viejo me llevó a una mesa aparte, cerca del fogón. Y me repitió que yo era hombre muerto, me andaban buscando por toda la zona de la costa: un helicóptero había rastreado hasta en la parte baja de la sierra. Pronto descubrirían mi ruta, vendrían a Las Flores y ellos tendrían que entregarme. Le pregunté qué había al otro lado de las montañas. Más montañas y selva, dijo. Ellos aún no habían decidido qué hacer conmigo, continuó el Viejo —la gorda del fogón puso tortillas y frijoles sobre nuestra mesa—, pero no tenían muchas opciones: o me dejaban ir con el riesgo de que yo delatara la exacta posición de la aldea, o me entregaban a mis enemigos vivo, o mejor muerto, o me escondían y se convertían gratuitamente en enemigos de mis enemigos —porque yo debía ser un tipo importante para mis perseguidores, según se desprendía del operativo montado para buscarme y de las transmisiones que el Viejo había descodificado. Yo tenía otra desventaja: no había sido franco, me había guardado parte de la verdad, pero ellos ya sabían quiénes eran mis enemigos y por tanto sabían más sobre mí de lo que yo suponía. Fue cuando el tipo del bigotito llegó a la mesa.

«¿Qué pasó, Robocop? ¿Ya descansado?», me preguntó.

Esos tipos me habían permitido salir del calabozo porque ya habían decidido qué hacer conmigo. Lo peor sería haberme metido en tierra de algún amigo del coronel Castillo.

Pero el Viejo sólo se hizo a un lado en la banca para permitir que el tipo del bigotito se sentara, y continuó: el problema era que mis enemigos ya eran enemigos de ellos, y por eso al principio me consideraron una especie de «caballo de Troya». ¿Me sabía la historia? Un infiltrado listo para accionar dentro del territorio enemigo, un comando que llegaba haciéndose pasar por víctima de una persecución y pedía refugio en Las Flores para enviar información desde el terreno y preparar el golpe de la manera más eficaz, un supuesto desertor de las filas enemigas que buscaba infiltrarse con una cobertura verosímil. Mi suerte, dijo el Viejo, era que el bando de ellos tenía los recursos para investigar mi historia en poco tiempo: ya sabían de mi captura en San Salvador, del escape de la cárcel, del incidente en la avioneta, una operación demasiado larga y costosa para hacerla sólo por meterse en Las Flores. Pero ¿por qué les había mentido?, ¿con qué objeto les había querido encajar el cuento de «La banda de los coyotes»? La única posibilidad de salir con vida era que les dijera la verdad, con nombres, apellidos, seudónimos y posiciones; era la única manera de salvarme. Si no, cualquiera de los muchachos de la otra mesa se daría la vuelta para pegarme un tiro en la nuca y después entregarían mi cadáver a mis perseguidores como gesto de buena voluntad. ¿Entendía? El Viejo se despachó este rollo con tranquilidad, como si estuviéramos hablando de otro, como si no se tratara de mi vida. Y se limpiaba las encías con el pedazo de tortilla antes de metérselo a la boca.

«El Viejo se llama Víctor y yo soy el teniente Pedro», dijo el tipo del bigotito.

Después de comer, los tres enfilamos hacia la comandancia.

## 22

Me la montaron como si hubiese sido una charla entre conocidos recientes con cosas en común, y no un estricto interrogatorio. Nos sentamos alrededor de la mesa de la comandancia, con una garrafa de ron que el Viejo sacó de un armario; el teniente Pedro me devolvió mi pistola, la que le había arrebatado a Saúl en pleno vuelo. Supe que estaba cambiando de bando, me pasaba de las filas de quienes querían liquidarme a las de esos desconocidos. Bebí el segundo trago. Recordé la mirada del mayor Linares en la hacienda antes de enviarme en la avioneta. Les dije que preguntaran, que las palabras no eran mi fuerte.

Y hablé de los primeros tiempos como desmovilizado, del encuentro con Bruno, de «La banda de los coyotes», de Saúl y el mayor Linares, de las operaciones del comando, de la orden de matar a aquella mujer, de mi captura, de los interrogatorios de Handal, de los estragos que me causaba la droga, de la fuga fácil y la trampa en la avioneta. Me pidieron que les contara todo sobre el mayor

Linares. No mencioné lo de Célis; tampoco les revelé que él había dirigido el plan de aniquilación del comandante Isaías en el que yo había participado. Luego insistieron en que les detallara lo de los furgones: de dónde salían, qué contenían, dónde los entregábamos. Les expliqué que sólo hubo una operación, porque en seguida vino la orden de aniquilar a esa mujer y mi captura inmediata.

El Viejo servía el ron como si fuera horchata, pero sólo él y yo lo bajábamos —el teniente Pedro se pasó sorbiendo de a poquito del mismo vaso durante toda la jornada, atusándose el bigotito, casi no preguntaba, a veces tomaba notas. En algún momento el Viejo dijo que nunca había terminado de acostumbrarse a Guatemala; comenté que a mí tampoco me gustaban los indios. De inmediato me encontré hablando de mi estadía como escolta del coronel Castillo, del Sholón, del enfado del mayor Linares porque yo me había regresado de Guatemala sin autorización. Pronto hubo mapas sobre la mesa, la exigencia de precisión, el tono severo. Tuve que recordar las distintas fincas en que había estado, cada una de las casas de la ciudad que había visitado, las rutas de acceso, los dispositivos de seguridad, el funcionamiento de las escoltas, las costumbres del coronel y del Sholón. Éstos eran los enemigos que compartíamos, quienes me habían estado rastreando en la costa y en las estribaciones de la sierra en apoyo al mayor Linares.

83

Ya había oscurecido cuando comenzamos los brindis: el Viejo me declaró solemnemente incorporado a lo que llamaron «La corporación del Tío Pepe» y aseguró que pronto tendría oportunidad de vengar la traición que había sufrido, de comprobar que el Tío Pepe era un jefe auténtico, leal, con principios, y no un mugroso traidor como el mayor Linares o como el coronel Castillo y el Sholón.

Quise preguntar sobre el nuevo grupo al que pertenecía, de qué parte de El Salvador procedían ellos, cómo habían hecho para llegar hasta ahí, quién era ese Tío Pepe, pero el Viejo me cortó: poco a poco me iría dando cuenta, ahora a ellos les tocaba hacer las preguntas y a mí nada más contestar, ése era el método, cuestión de disciplina, mi única alternativa.

Y sirvió sendos rones, antes de frotarse de nuevo las encías con el dedo.

No recuerdo a qué horas ni cómo llegué al camastro.

## 23

Desperté con dolor de cabeza, sin mi pistola, en el calabozo. Comenzaba a amanecer. Cuando traté de incorporarme, me sentí mareado. Permanecí tirado en el camastro: recordaba retazos de lo sucedido la noche anterior, pero me pregunté hasta dónde las drogas que me inyectaron en la cárcel podían estarme haciendo imaginar cosas. Al rato escuché ruidos en la habitación de afuera. Logré ponerme de pie. Intenté abrir la puerta: estaba encerrado. En seguida el Viejo abrió, me dijo que si ya estaba listo para incorporarme al pelotón de seguridad que comandaba el teniente Pedro, que me trasladaría a vivir a la cabaña donde estaba la fonda; se veía fresco, recién bañado, como si no hubiera bebido lo mismo que yo. Pregunté por mi pistola. El teniente Pedro me la daría; no era conveniente que alguien en el estado de ebriedad en que yo me encontraba anoche estuviera armado, dijo.

La pequeña habitación que me asignaron estaba entre la del Viejo y la cocina de la fonda. Me bañé con agua tan fría que me quitó la resaca. El Viejo apareció con un uniforme militar: era la talla más grande que había, dijo. Me apretaba por todos lados, pero pronto me acostumbraría. Las botas las mandarían traer con el próximo embarque de provisiones. Y luego me condujo más allá de las cabañas, cruzamos un pequeño bosque de cipreses y salimos a un descampado donde una docena de hombres realizaba las rutinas de entrenamiento. La neblina era espesa; el frío calador. El teniente Pedro me presentó a los demás integrantes de la patrulla, me dijo que mi pistola estaba bajo llave en el armario de la comandancia y me entregó un AK.

Una vez con el fusil en mis manos, trotando, siguiendo las órdenes de mando, empecé a sentir calor. Por fin lograba volver a ser lo que había deseado. No estaba en forma, pero tampoco importaba.

Ahí comenzó mi segunda vida castrense, con entrenamientos físicos, prácticas de tiro, rutinas de vigilancia y defensa, ejercicios de retirada. Éramos un pelotón de doce combatientes, más el teniente Pedro. Y contábamos con un arsenal de armas de apoyo: un cañón de noventa milímetros, dos lanzagranadas M-79, dos ametralladoras .30 y una .50 colocada en la lomita estratégica, desde donde se divisaba toda la cumbre y la ladera cultivada de la montaña.

Esa cumbre montañosa estaba situada en tierra de nadie, en la franja fronteriza, una zona donde ningún ejército se atrevía. En la aldea, en una docena de cabañas, vivíamos los del pelotón de seguridad y el personal encargado de las plantaciones; para el corte y el transporte de las flores venían indios de otro caserío ubicado a varios días de distancia. Sólo se podía llegar caminando y a lomo de mula. Las provisiones —en especial la dotación de gasolina para los generadores de energía eléctrica— las traía un helicóptero, cada semana o cuando fuera necesario. Yo había subido por donde nadie lo hacía, por el tapón selvático impenetrable, por el precipicio enmarañado que llamaban «la espalda de la montaña». Y me habían detectado varias horas antes, gracias a los sensores de metales, unos aparatitos ultramodernos que conformaban el primer perímetro de seguridad de la aldea, por eso me estaban esperando exactamente en el sitio por el que arribaría.

Pronto me habitué a la rutina de la aldea. Manteníamos la disciplina y la tensión como si en cualquier instante fuésemos a ser atacados, pero extrañaba el combate.

Confirmé que varios elementos del pelotón, incluido el teniente Pedro, habían combatido en las filas de los terroristas: Tin y Ton, hijos de la gorda Rita, la cocinera de la fonda y amante del Viejo; Rudy, quien me había desarmado cuando me sorprendieron a mi arribo; Cuco, el mulato; y Beto, el escuálido, habían formado parte del mismo campamento, en una zona montañosa donde los del Acahuapa incursionábamos con frecuencia. También la gorda Rita, junto con la mujer del teniente Pedro —una alemana de nombre Catarina, ahora responsable del mantenimiento de las plantaciones de flores—, habían pasado la guerra en ese campamento terrorista.

Y el Viejo no era la excepción, aunque con una variante: éste había llegado al campamento de manera fortuita, procedente de la cárcel —donde purgaba una pena por un crimen cualquiera—, después de una fuga masiva, propiciada por un ataque con el que los terroristas buscaban liberar a sus camaradas. El propio Viejo me lo contó, una de las tantas noches en que nos quedamos platicando con ron y café, cuando yo no estaba destacado como centinela, y el Viejo aprovechaba para sonsacarme, porque era tan taimado que no acababa de creerme y le quedaba la sospecha de que yo pudiera ser un infiltrado.

Otra de esas noches, el Viejo me explicó que al finalizar la guerra, cuando los bandos y las facciones se disolvieron, quién sabe por qué enroques, ellos habían pasado a trabajar para «La corporación del Tío Pepe», un político poderosísimo, dueño de bancos, haciendas, periódicos, industrias, empresas automovilísticas y quien, además, controlaba el negocio de exportación de esas flores mágicas cuyo cuidado era ahora mi misión. Pero el Tío Pepe tenía enemigos. Y yo había trabajado para esos enemigos, sin saberlo, porque el mayor Linares me había reclutado con engaño, como si yo formara parte de un comando vinculado a las Fuerzas Armadas cuando la verdad era que nuestras operaciones únicamente respondieron a la línea de «La banda de Don Toño», el enemigo acérrimo del Tío Pepe. Me pregunté qué tendrían que ver las muertes del comandante Milton y de la señora de Trabanino con la rivalidad entre Don Toño y el Tío Pepe. Ambos eran poderosísimos en los países de la región, continuó el Viejo, controlaban gobiernos, finanzas y compraban jefes militares. La disputa era dura, pero el Tío Pepe se había impuesto. Y me reveló que unas horas después de mi fuga de la cárcel, la policía había capturado a Toñito, el hijo de Don Toño, por la quiebra de una empresa financiera y de otros negocios: un golpe mortal para «La banda de Don Toño», la desarticulación de su red de finanzas. Por eso estábamos en estado de alerta, porque se esperaban represalias: era probable que el coronel Castillo y su gente, aliados de Don Toño en Guatemala, intentaran atacar la aldea.

El Viejo obtenía la información gracias a una sofisticada red de comunicaciones instalada en un sótano de la cabaña de la comandancia, donde permanecía encerrado buena parte del día operando la computadora, la central de transmisiones, el controlador de sensores y otros aparatos. Yo tuve permiso de entrar al sótano hasta un mes después de haber llegado, cuando quisieron darme confianza, porque pronto me enviarían a una misión especial, fuera de esa montaña.

## 26

Una mañana, el teniente Pedro nos llamó aparte, a Rudy y a mí, para informarnos que participaríamos en una operación secreta. Partimos a mediodía. En el helicóptero —no era una nave de guerra como en las que yo había subido anteriormente— preferí sentarme detrás del piloto y de Rudy. Las montañas parecían interminables.

Aterrizamos en Ciudad de Guatemala, en la azotea de un edificio, donde nos esperaba un tipo con cachucha de beisbolista y gafas oscuras. Indicó que lo siguiéramos; bajamos en silencio por el ascensor. Entramos a una habitación con pizarra, planos y mapas en las paredes; otros dos sujetos estaban ahí, con rasgos indígenas. El tipo de la cachucha dijo que él era el jefe de la operación, el número Uno, y que yo sería el Cuatro y Rudy el Cinco; explicó que habíamos sido escogidos por nuestra experiencia en operaciones de aniquilación tipo comando; en seguida detalló la tarea que nos esperaba.

Permanecimos en esa habitación la tarde entera, repasando las rutas de entrada, la posición de los objetivos, los métodos de ejecución, los posibles contratiempos, las rutas de salida. La información la habían recopilado los dos indígenas, los números Dos y Tres, durante varios días de observación. Hubo diapositivas del bosque por el que penetraríamos, de la casa, de los objetivos a aniquilar. El rostro que me correspondía parecía esconderse detrás de la barba y el bigote, pero los ojitos verdes eran inconfundibles. Me enderecé en el asiento y el tipo de la cachucha me miró como si él lo supiera, como si en una de esas carpetas tiradas sobre la mesa estuviera un minucioso expediente sobre mi vida y me hubieran escogido, más que por mi experiencia, por el entusiasmo que pondría en la operación.

Al oscurecer bajamos al estacionamiento del sótano, abordamos una camioneta Ram de cristales polarizados y salimos al tráfico. Cruzamos la ciudad. La casa con los objetivos estaba en una finca de San José Pinula, una zona boscosa, en las afueras de la ciudad, a cinco kilómetros de la carretera que conducía a El Salvador. Aparcamos en un galpón; ahí encontramos las armas, los uniformes, los pasamontañas, los chalecos antibalas, las botas con suela de goma, los radiocomunicadores. Permanecimos repasando el plan hasta la medianoche. Luego nos pusimos en marcha. Caminamos cuarenta minutos, rodeando el bosque, para penetrar a la casa por el lado de atrás.

El dispositivo de defensa parecía simple: dos escoltas rondaban los alrededores, dos permanecían vigilantes en la planta baja, otros dos dormían en la primera habitación al salir de las escaleras y al fondo del pasillo estaban las habitaciones del jefe de escoltas y del gran capo, el mero hombre. Lo más delicado era el sistema electrónico de alarmas, los cuatro dóberman y los potentes reflectores.

Uno se encargó de desactivar las alarmas, Dos y Tres inmovilizaron con dardos a los perros, y Rudy y yo les cortamos el cuello a los centinelas. Luego penetramos a la casa. Yo fui el primero. Los dos tipos no alcanzaron a reaccionar: estaban en los sofás, viendo la tele, cuando las ráfagas de las subametralladoras con silenciador los impactaron. Subimos las escaleras: Dos y Tres se dispusieron a asaltar la primera habitación, mientras Uno y yo fuimos hasta el fondo del pasillo: él tendría al mero hombre y yo cobraría mi factura con el jefe de escoltas. Rudy permanecía en la primera planta. Pero Dos y Tres no salieron de la habitación en los siete segundos planificados. Uno me miró con preocupación. Me indicó la opción C: él penetraría a aniquilar al mero hombre, al objetivo supremo, mientras yo permanecía en el pasillo. Y así lo hizo. Pero pasaron otros siete segundos y ni Uno, ni Dos ni Tres, volvían al pasillo. El silencio era total. La operación se había ido al carajo. Al menos me llevaría a mi presa. Fui abriendo la puerta con cautela: la habitación estaba a oscuras. Embestí rafagueando hacia la cama; pero no había nadie ahí. De pronto alguien encendió una luz. Y los vi, del otro lado de la habitación, apuntándome, con regocijo: el mayor Linares y dos escoltas que habían sido mis compañeros donde el coronel Castillo. El mayor me ordenó que tirara el arma al suelo y pusiera las manos tras la nuca. Fui moviendo la subametralladora hacia el frente, agachándome, como si fuese a depositarla, pero sólo flexionaba mis piernas para el salto. Y apreté el gatillo. Las armas de ellos no tenían silenciador. Sentí los impactos sobre el chaleco y un ardor en la parte izquierda de la cadera. Me parapeté tras la cama; el mayor y un escolta tras un sofá; el otro yacía en el suelo. El mayor me gritó que no fuera imbécil, que me rindiera. «Que se rinda tu madre», le contesté e hice volar la luz. Empuñé la pistola con la mano izquierda, la subametralladora con la derecha y rodé en ofensiva. Les sorprendí por el flanco. El mayor aún respiraba cuando le machaqué la cabeza con la culata de la pistola: me quité el guante para tomar sus sesos y restregárselos en lo que le quedaba de rostro. Salté por la ventana al tiempo que se desataba la balacera en las escaleras. Corrí hacia los setos. Alcancé a ver que Rudy salía por la puerta. Le cubrí la retirada. Llegamos al bosque. Eran cuatro los que salieron a perseguirnos. Y les montamos la emboscada ahí mismo, antes de que se les enfriara el entusiasmo. Operar con silenciador en aquella oscuridad fue devastador: nunca supieron desde donde les cayó la granizada de balas ni las granadas. Rudy me dijo que por qué no regresábamos a la casa, a rescatar a los nuestros. Le respondí que seguramente ya estaban fríos, de lo contrario éstos no hubieran salido a perseguirnos. Tampoco era conveniente remontar la ruta hacia el galpón: si ellos sabían de nuestra llegada también conocerían nuestros planes de salida. Caminamos hacia la ciudad a través del bosque, bajando la montaña, guiándonos por el resplandor y luego por las luces. El ardor en mi cintura empeoró: pero sólo era un rozón, con poca sangre. Un par de horas más tarde bordeamos la primera zona residencial, de casas enormes, defendidas por altos muros y por una caseta donde se apiñaba media docena de vigilantes.

27

Permanecimos agazapados en los linderos de
una colonia hasta que empezó a amanecer. Aproveché para escarbarme las uñas con un palito y sacar-
me los restos de sesos del mayor Linares. El vecino
madrugador retrocedía en su pequeño Chevrolet
cuando lo interceptamos. Yo me senté a su lado y
Rudy en el asiento trasero; vestía una corbata estampada con el Pato Donald. Le ordené que condujera hacia el centro de la ciudad. Me entregó su
billetera: tomé el efectivo y, en la ruta, lo acompañé a tres cajeros automáticos mientras Rudy aguardaba en el auto. Luego paseamos por la ciudad, sin
rumbo, dejando que el tiempo pasara, en espera de
que las tiendas abrieran; observaba con atención
en busca del edifico en el que habíamos aterrizado.
Luego enfilamos por la carretera hacia Antigua. Le
ordené que se metiera por un camino vecinal; yo
necesitaba orinar. Le disparé tan pronto detuvo el
auto, lo tiré al borde del camino y me puse al volante. Regresamos a la ciudad. Compramos ropa,
zapatos y sendas mochilas para guardar las armas;

yo me dejé el chaleco antibalas bajo la camisa. En seguida fuimos a desayunar a un Pollo Campero, en la avenida Las Américas, por donde viven los ricos.

Estábamos desconectados: el canal establecido con número Uno formaba parte de la operación y ya no servía. Rudy me dijo que con el Viejo y con el teniente Pedro tenían un punto de recontacto en Huehuetenango, una ciudad lejana, cerca de la zona fronteriza, en las alturas, desde donde tras siete días de camino se podía llegar a la aldea. Fui por más huevos, pan y frijoles, y por otra Coca-cola. Yo no podía arriesgarme a ir hasta allá por carretera; prefería perderme en la ciudad, en busca del edificio que me permitiera restablecer contacto.

Conduje a Rudy a Chimaltenango, a una hora de camino, para que ahí abordara el autobús, sin el peligro de los sabuesos en la estación capitalina. Le entregué la mitad del dinero; me hubiera gustado que se quedara otro par de días, hasta que diéramos un golpe y pudiera viajar con más holgura; pero él tenía prisa. Regresé a la capital al mediodía. Busqué una pensión por la Zona 11, cerca de la avenida Roosevelt, rodeada de centros nocturnos y prostíbulos. Abandoné el auto lo suficientemente lejos. La vieja de la recepción sólo pidió que le pagara el día por adelantado. Dormí toda la tarde. Y en la noche, descansado y con sed, salí en busca de un antro. Se llamaba El Templo Dorado; lo escogí porque no había sujetos registrando a la entrada. Estuve en la penumbra, bebiendo cerveza, en una mesa cerca de la tarima donde las mujeres se desnudaban al ritmo de la música. Y de pronto apareció ella, y se me quedó viendo como si no lo creyera, como si yo fuese una aparición. «¿Robocop?», preguntó acercando su rostro de grandes camanances hasta casi tocarme. Era Vilma. Miré con cuidado detrás de ella. Permaneció de pie, sin salir de su asombro, demudada. Le pregunté qué hacía en Guatemala, por qué había abandonado La Piragua. Y entonces me dijo, entre dientes, que me largara de ese lugar de inmediato, que varios tipos habían llegado a preguntar por mí en los últimos días. Lo dijo con urgencia, como si alguien estuviera vigilándome, a punto de tirárseme encima. Me indicó que la esperara a tres cuadras de ahí, en una taquería llamada Los Encantos, llegaría en unos quince minutos; y se perdió en la penumbra. Me puse de pie. Salí atento al mínimo movimiento.

Volví a la pensión para sacar la mochila; no quería que me sorprendieran únicamente con mi pistola. En la recepción estaba la misma vieja. Desenfundé al llegar a las escaleras y subí con sigilo. Pero la habitación estaba limpia. Tomé mi mochila y, al salir a la calle, fui en busca del auto. Hice una ronda de reconocimiento: no había sabueso cerca. Me senté al volante con la subametralladora y dos granadas entre mis piernas. Detuve el auto junto a Vilma cuando ésta llegaba a Los Encantos. Le ordené que entrara. Entonces los vi por el retrovisor. Arranqué a toda marcha sin que ella alcanzara a cerrar la portezuela. «¡Agachate!», le grité al escuchar las detonaciones. Me metí en la primera calle lateral y paré el auto bruscamente, cerca de la esquina. Aproveché la distancia de ventaja para salir a parapetarme. La granada les cayó de lleno en el parabrisas. Y embestí rafagueando sólo para cerciorarme: eran tres; uno de ellos también había sido escolta del coronel Castillo. Salimos de ahí antes de que se oyeran las sirenas.

## 28

Fui por el Periférico. Vilma parecía tranquila, como si ya hubiera esperado el ajetreo. Le pregunté si conocía un lugar donde pasar la noche. Me dijo que ella estaba quemada, la usaban de señuelo. Y comenzó a reprocharme: yo había arruinado su vida; por mi culpa ella había tenido que abandonar La Piragua, Soyapango, el país; por mi culpa ella había tenido que separarse de su niña y venir a Guatemala, porque desde mi captura los policías no habían dejado de hostigarla, un interrogatorio tras otro, como si ella hubiera sabido algo. Y la situación empeoró con mi fuga: la vigilaban día y noche, por eso decidió trasladarse a Guatemala, en busca de aire, de nuevas oportunidades, pero nada cambió, el acoso era el mismo, todos tras de mis huesos, y les parecía que mi rastro pasaba por ella.

Llegamos a la carretera norte, rumbo a Puerto Barrios. Todo fue inútil, dijo, no había logrado zafarse ni de la policía salvadoreña: el subcomisionado Handal y el detective Villalta habían visitado El Templo Dorado en tres ocasiones, haciendo las mismas preguntas, si ella sabía mi paradero, alguna amistad que yo conociera, algún sitio que pudiera frecuentar, dicho con la amenaza de que podían acusarla de complicidad. Después estaba ese otro señor guatemalteco al que le decían Sholón, rodeado de tipos siniestros, quien insistía en que yo finalmente aparecería, por eso no bajaba la guardia, con sabuesos siempre al acecho, los mismos que ahora habían quedado hechos papilla. Y por último el militar salvadoreño de ojos verdes, quien nunca reveló su nombre, también amigo de Bruno, aunque una vez llegó con el Sholón, me buscaba con más sigilo, como si a él le buscaran otros. ¿Cómo lograría escapar con semejantes sujetos a mi espalda? ¿Por qué mejor no me entregaba a la policía salvadoreña antes de que me mataran?, preguntó Vilma.

Me desvié hacia un motel llamado La Estafeta. Metí el auto en la cochera, bajé el portón corredizo, entramos a la habitación y pagué la tarifa para toda la noche a través de una ventanilla discreta. Nadie había visto mi jeta ni el auto. Vilma comentó que el subcomisionado Handal le había dicho que Bruno estaba muerto, y a menos que me entregara yo sería el siguiente. Le dije que se callara, ya habría tiempo para platicar, yo ahora necesitaba su carne, luego de más de dos meses de abstinencia, carne de verdad, como la que en ese momento palpaba, y no aquélla de mentira, la de Guadalupe cuando se me apareció en la celda. Y arremetí.

Una vez sosegados, Vilma preguntó por mis razones para matar a la señora de Trabanino, por la forma como había escapado de la cárcel, por mis andanzas actuales. La vi ansiosa, con ganas de saber. Apoyé mi espalda en el respaldo de la cama y, con su cabeza reposada en mi vientre, le fui contando lo que me había sucedido, con pocas palabras, más bien respondiendo a las preguntas de ella, que en ocasiones me parecieron las mismas de Handal. La historia de la aldea Las Flores le pareció maravillosa, bromeó diciendo que yo le estaba tomando el pelo, que eso era puro cuento. Saboreaba los detalles. Y se incorporó cuando le relaté la operación frustrada de la noche anterior, la forma como había matado al mayor Linares. Me preguntó quién era ese personaje importante a quien número Uno debió haber aniquilado. Yo suponía que se trataba de Don Toño, el mero jefe de la banda rival de la del Tío Pepe. Y le di tal cual la explicación que me había dado el Viejo.

«¿Qué harás ahora?», me preguntó.

Pero yo estaba nuevamente en forma. Ella me lamió y pronto se tumbó, abierta; sus movimientos fueron una recompensa porque yo le tenía tanta confianza. Más tarde, después de pasar al retrete, cuando ella dormitaba tendida boca abajo, le hice un orificio en la espalda.

## 29

Revisé el bolso y la ropa de Vilma: no encontré ningún dispositivo —rastreador o micrófono. Limpié la pistola y la subametralladora. Me quedaban pocas municiones y dos granadas. Esperé hasta el amanecer, tendido en un sofá, con el televisor encendido. Por momentos me entretuve poniendo y quitando el silenciador a la subametralladora. Entonces tuve la idea.

Salí a la carretera, de regreso a la ciudad. Al auto apenas le quedaba gasolina. Llené el depósito en una gasolinera del Periférico. Luego bajé por la Roosevelt hasta la zona de los edificios lujosos. Circulé despacio por Reforma y por la Sexta y Séptima avenidas, aprovechando esa hora temprana con un tráfico que recién despertaba, atento a las torres más altas, hasta que descubrí el mismo rótulo de banco, la misma salida del estacionamiento desde el sótano y los mismos jardines. Me alejé varias calles para abandonar el auto; saqué mi mochila y fui andando. Me detuve a desayunar en una cafetería. Luego di una vuelta de reconocimiento por el edificio: la entrada principal estaba custodiada por vigilantes que hubieran impedido mi acceso. Intenté por el estacionamiento. El tipo de la caseta me vio llegar con recelo. Cuando trató de desenfundar, ya estaba encañonado. Le propiné un cachazo en el cerebelo. Pasé a los ascensores. Salí en el noveno piso. La puerta de la habitación en que habíamos permanecido dos tardes atrás estaba con llave. Toqué. Nadie respondió. Recorrí el pasillo: no había movimiento en ese nivel. Subí por las escaleras hasta el último piso. Y crucé sobre la alfombra esponjosa, ante la mirada despectiva de ejecutivos y secretarias elegantemente vestidos, hacia el despacho que decía «Presidencia». Irrumpí con celeridad. Los dos guardaespaldas alzaron los brazos; la secretaria abrió la boca, estupefacta. En ese instante, desprevenido y relajado, el rubio salía de su oficina. Le estampé el cañón de la subametralladora en el cuello. Que mantuvieran la calma, que no hicieran alboroto, les advertí, yo era amigo, nada más quería contactarme con el Tío Pepe. Le ordené al rubio que entrara de nuevo a la oficina: a través de la pared de cristales se contemplaba la ciudad; sobre el escritorio había una placa que decía «Andrés Compas, presidente». Ese tipo, tan nervioso, no podía ser el Tío Pepe. Entonces le dije: «Hace dos días aterricé en la azotea de este edificio. Me trajeron para una operación que fracasó. Tengo que hablar con el Tío Pepe en este mismo instante». Y le señalé el teléfono. Me midió con una mirada. Presionó un botón y habló sin descolgar el auricular: «Jefe, soy Andrés. Estoy en mi oficina. Alguien quiere hablar con usted. Dice que vino en el helicóptero a una operación y tiene el cañón de su arma en mi cuello».

«Pasámelo», dijo la voz del otro lado; zumbaba una interferencia.

«Vine de Las Flores. La operación se fue al carajo; era una emboscada. Tengo que hablarlo con usted personalmente», dije.

«¿Quién sos?», preguntó el Tío Pepe.

«Usted no me conoce», contesté.

«Sos Robocop, verdad», aseguró con la misma voz de mando.

Me sorprendió que supiera de mí.

«Yo estoy muy lejos, del otro lado de la frontera, donde vos no podés venir», dijo.

«Que me lleve el helicóptero», propuse.

Por unos segundos sólo se escuchó el zumbido de la interferencia. Luego el Tío Pepe le ordenó a Andrés que me enviara en helicóptero al lago y cortó.

«Ya podés bajar el arma», me indicó el rubio.

Le dije que lo mantendría bajo mi radio de fuego hasta subir a la nave. Me senté en un sillón. El rubio se acomodó en su butaca tras el escritorio y habló de nuevo por el teléfono: le dijo a la secretaria que todo estaba bajo control, que los muchachos permanecieran tranquilos, yo era empleado de la casa, y le pidió que viniera en seguida a la oficina. Entró temerosa: dijo que la nave estaba en la azotea y el piloto vendría en media hora. El rubio estuvo hablando por teléfono y revisando papeles como si yo no estuviera; vestía una corbata estampada con jirafas, elefantes y otros animales selváticos. En algún momento me preguntó si quería un café; le dije que ya había desayunado. Y luego que la secretaria anunció que el piloto estaba en el helipuerto, calentando la nave, el rubio señaló una puerta lateral y pasó delante de mí. Subimos por esa ruta privada hasta la azotea. Los guardaespaldas estaban esperándonos. El rubio les hizo un gesto para que se alejaran. Sin soltar la subametralladora, le dije adiós al rubio que me acompañó hasta la puerta de la nave.

## 30

Era el mismo piloto que nos trajo de Las Flores. Preguntó por Rudy; le dije que se había tenido que regresar por tierra. Volábamos sobre llanos de regreso al país. Bruno, Saúl, Vilma y el mayor Linares estaban muertos; sólo quedaban, de nuevo, mi primo Alfredo y Guadalupe. ¿Dónde estarían el subcomisionado Handal y el detective Villalta? Descendimos hacia la orilla del lago de Coatepeque. Me puse la pistola en la cintura, guardé la subametralladora en la mochila y salté a tierra. El tipo que me esperaba era el teniente Rivas, también había pertenecido al batallón Acahuapa, aunque nunca estuve directamente bajo sus órdenes. Me condujo por un patio hacia una mansión; pasamos a un lado de la piscina, de canchas de tenis y voleibol. Esperé en una sala enorme, con ventanales desde los que se miraba el lago. El Tío Pepe vino por el corredor: era alto, un poco calvo y con bigote; vestía guayabera y yo recordaba haberlo visto en algún noticiero, pero con otro nombre. El teniente Rivas me ordenó que me pusiera de pie y me mantuviera en posición de firmes; él hizo lo mismo. El Tío Pepe se acomodó en una mecedora y me preguntó qué había sucedido en San José Pinula; exigió que le diera detalles. Cuando terminé mi relato, insistió en saber mi opinión: ¿quién de los comandos era el infiltrado?, ¿por qué si nos estaban esperando permitieron que matáramos a los vigilantes de afuera y de la planta baja?, ¿estaba realmente Don Toño en esa casa?, ¿habían muerto Uno, Dos y Tres? Le dije que yo sólo cumplí el plan operativo que me habían ordenado; no le podía responder nada más. Me miró a los ojos; le sostuve la mirada. Luego preguntó para qué quería hablar con él. Para darle el informe personalmente, porque en Las Flores me habían dicho que él era el jefe, y para ponerme a sus órdenes, porque yo había quedado sin contactos en la Ciudad de Guatemala. Y le conté lo que había sabido la noche anterior: los hombres del Sholón tras mis huesos, las pesquisas del subcomisionado Handal y hasta las incursiones del finado mayor Linares en El Templo Dorado. Me preguntó qué sería ahora de Vilma; entendió mi gesto. Entonces sonó un teléfono celular que guardaba en el bolsillo de su guayabera. Estuvo hablando un rato, con una mujer a la que le repetía «mi amor»; el teniente Rivas y yo permanecíamos firmes. Luego de cortar me ordenó que le contara por qué había matado a la señora de Trabanino. Me tomó por sorpresa, pero en seguida le expliqué cómo habían sucedido los hechos; nunca tuve la oportunidad de preguntar al mayor Linares las razones para eliminar a esa mujer y yo no acostumbraba discutir una orden sino cumplirla. Después tuve que relatarle mi fuga de la cárcel, el incidente en la avioneta y mi llegada a Las Flores. El Tío Pepe ya sabía todo eso, gracias al informe del teniente Pedro; nada más me estaba midiendo.

«¿Y ahora qué creés que debo hacer con vos?», me preguntó el Tío Pepe; volteó a ver al teniente Rivas. Iba a decirle mi idea —que me incorporara a su grupo de guardaespaldas—, pero entonces comprendí que era imposible: yo estaba quemado y el máximo jefe no debía arriesgarse a tener problemas con la policía por mi culpa.

«Regresarás a Las Flores», dijo el Tío Pepe. «Allá te necesitamos porque la gente de Toño y del coronel Castillo pueden intentar un golpe desesperado». Me iría ahora mismo, sólo esperaría a que el teniente Rivas me entregara una encomienda para el Viejo.

El Tío Pepe se puso de pie y nos acompañó a la puerta.

Una mujer hermosa venía por el patio; con cachucha y pantaloncitos blancos, traía una raqueta en la mano. Me miró con espanto y lanzó un grito: «¡Es Robocop!», dijo. «¡¿Qué hace aquí ese criminal?!».

Estaba aterrorizada; yo sorprendido: nunca la había visto en mi vida.

Con un ataque de nervios, siguió dando alaridos: «¡Es el asesino de Olga María! ¿Qué hace aquí, Yuca?».

El Tío Pepe se adelantó y la tomó entre sus brazos: «Calmate, Laura», le pidió. «Ya va de salida».

Pero la mujer seguía berreando. El teniente Rivas me ordenó que apurara el paso. Continuamos hacia donde estaba el helicóptero. La mujer se había descompuesto. Alcancé a ver cómo el Tío Pepe la metía en la casa. Le pregunté al teniente Rivas quién era ella. Me dijo que la mejor amiga de la señora de Trabanino: me reconoció porque mi foto había salido en todos los diarios. Subí a la nave.

## 31

Volví al frío, a las nubes rasantes, a los pozos de tirador entre los cipreses, a la pequeña habitación junto a la cocina de la fonda. El Viejo y el teniente Pedro me hicieron repetirles una y otra vez lo que había sucedido en la operación de San José Pinula. Alguien había delatado, pero ¿quién? Dos y Tres eran los principales sospechosos, aunque algo no terminaba de encajar, decía el Viejo, suspicaz, frotándose las encías con el dedo, como si supiera otra cosa.

Pasaron dos semanas sin que los comandos de Don Toño y del coronel Castillo aparecieran. Permanecíamos en estado de alerta: fuimos a recoger a Rudy, ejercitamos los planes de defensa y retirada, revisamos las trampas y los minados, intensificamos la vigilancia con patrullajes de rastreo y avanzada; el Viejo trabajaba febrilmente en la intercepción de mensajes y recibía reportes de los demás centros informativos de «La corporación del Tío Pepe».

Una tarde, cuando creíamos que la gente de Don Toño ya no se atrevería, el Viejo anunció que tendríamos visitas. Llegaron en su propio helicóptero, a la mañana siguiente: eran cinco mexicanos, invitados del Tío Pepe, quienes se quedarían un mes en Las Flores. Vestían ropa de lujo; portaban pulseras, anillos y cadenas de oro, pistolas con cachas de marfil incrustadas con piedras preciosas. El jefe —alto, fornido, con el pelo rubio y rizado— se hacía llamar «el Chato Marín»; el segundo era un chiquitín pálido de ojos azules a quien llamaban «el Birras»; los tres escoltas traían fusiles AR-15 y bajaron cantidad de maletas y cajas del helicóptero. Querían una cabaña para ellos solos, pero el Viejo les dijo que era imposible. El Chato Marín se acomodó en la cabaña del teniente Pedro y Catarina; el Viejo, que ahora dormía en un *sleeping bag* en el sótano de la comandancia, cedió su habitación de la fonda al Birras; los tres escoltas se turnarían en esa especie de calabozo en que yo había recalado a mi llegada.

No se incorporaron a nuestra rutina militar.

Esa primera tarde la pasaron bebiendo whisky, inhalando coca y jugando al dominó en una mesa de la fonda; luego les dio por recorrer las plantaciones, como si inspeccionaran, como si fueran los propietarios y entendieran algo.

A la medianoche, al terminar mi patrullaje, fui al sótano de la comandancia, para que el Viejo me explicara, para saber cómo debía comportarme ante esos sujetos, si tenía alguna asignación frente al Birras, el zarco que estaría durmiendo en la habitación a mis espaldas. Encontré al Viejo en conciliábulo con el teniente Pedro: el Chato Marín era el jefe de una de las principales bandas mexicanas encargadas de comprar las flores mágicas, procesarlas e introducir la pasta a Estados Unidos; por sus rutas pasaba la cocaína procedente de Colombia; tenía tal cantidad de dinero «que vos, Robocop, no alcanzás a imaginarte», dijo el Viejo; el problema del Chato Marín era que se había convertido en un hombre tan poderoso que ahora los gringos lo tenían en la mira, lo habían convertido en el hombre más buscado de México, y las autoridades mexicanas, aunque compradas por el dinero del Chato, no habían tenido otra alternativa que lanzarse a la caza de éste por la presión de los gringos; por eso el Chato había tenido que recurrir a sus socios centroamericanos, para que le dieran posada mientras pasaba el temporal, y el Tío Pepe no podía negarse; pero al Viejo lo que le preocupaba era que el Chato traía su propio equipo de comunicaciones, y esa misma tarde había establecido contacto en dos ocasiones con su gente, a través de una frecuencia que seguramente ya tenían detectada los satélites gringos. «¿Comprenden lo que se nos puede venir encima?», preguntó el Viejo antes de frotarse las encías.

«Le voy a ordenar que corte toda comunicación», dijo el teniente Pedro. No sabíamos que al Chato Marín nadie le ordenaba nada.

## 32

Los tres escoltas tiritaban en la puerta de la fonda, pese a los vasos de licor, maldiciendo que el jefe les hubiera ordenado permanecer fuera. Me preguntaron adónde iba. Les dije que a dormir. El que los mandaba, a quien llamaban «el Greñas» —un indio prieto, rechoncho y de coleta—, me dijo con voz crecidita que debía esperar a que el jefe saliera; y se paró desafiante frente a la puerta. Era mi AK sorprendido con la vista baja contra sus tres AR-15 apuntándome. No me moví, ni hablé. «Vas a poder entrar hasta que yo te diga», dijo el Greñas. Y me sugirió: «vete a dar un paseo». Caminé en la oscuridad hacia la cabaña de la gorda Rita, luego di un rodeo y regresé a la fonda por la parte trasera. Entré por una pequeña puerta que conducía a los baños. Pasé por la habitación del Viejo, ahora asignada al Birras, pero no había nadie. Los dos estaban en una mesa del comedor, con la botella de whisky y la cajita de coca, discutiendo, acalorados. No me habían visto. De pronto el Chato Marín gritó, gesticulando, fuera de sí y comenzó a pasearse. Me metí a mi habitación. Después escuché un portazo.

Yo me había quitado las botas y el uniforme, y salía hacia el servicio con la toalla y el cepillo de dientes, cuando el Birras apareció encabronado; se sorprendió de verme. «Y tú, ¿qué haces aquí?», me preguntó con la voz todavía más crecidita que la del Greñas. Tenía un pendiente en la oreja izquierda y tatuajes en los brazos. De un manotazo lo tomé del cuello, lo alcé a mi altura y lo contraminé en la pared. El tipo agitó pies y brazos, pero la presión de mi mano lo iba poniendo morado, el rostro contraído y los ojos a punto de saltarle de las cuencas. Cuando su terror llegó al máximo, me acerqué a su oído y le susurré: «ésta es mi habitación». Aún lo mantuve unos segundos en vilo. Luego lo solté; cayó desmoronado. Entonces volví a tomarlo por el cuello, lo alcé y de nuevo lo contraminé en la pared. «Ya no, por favor», alcanzó a balbucear. «No me gusta que me impidan entrar a mi habitación», le dije. Lo mantenía en vilo, pero el Birras ya no pataleaba: era un guiñapo espantado. «Fue orden del Chato», gimió. Lo dejé caer.

Le costó ponerse de pie; se sentó en mi catre, sobándose el cuello. Y quizás el terror le mezcló todas las sustancias que se había metido en el cuerpo, porque empezó a temblar, y en una especie de lloriqueo, farfullaba que el Chato Marín se había vuelto loco, ya estaba pirado, lo que necesitaba era que lo internaran en una clínica de desintoxicación, había perdido todo contacto con la realidad, por eso les estaba yendo tan mal, por eso no habían podido negociar con las autoridades su estadía en México, el Chato lo echaba a perder todo, con sus ataques de locura, se sulfuraba y gritaba por cualquier cosa, quería matar a quien no estuviera de acuerdo con él, la red se venía abajo por culpa del Chato, y la idea de venir a guarecerse en Las Flores no tenía pies ni cabeza, sólo la locura del Chato pudo arrinconarlos tanto, su delirio de que todo el mundo lo había traicionado, su imposibilidad de permanecer quieto un instante, apenas llevaban un día en la aldea y el Chato ya se comportaba como fiera encerrada, no resistiría ni una semana, y después ¿adónde irían? Ni los cubanos, ni los costarricenses, ni los chilenos estaban dispuestos a recibirlos.

Fue cuando le dije lo del aparato de comunicaciones, que si el Chato continuaba utilizándolo muy pronto tendríamos a los gringos arrasando Las Flores. Claro, me dijo, él estaba consciente de eso, se lo había advertido varias veces al Chato: en Los Mochis, en Oaxaca, en Cancún, en cada sitio al que habían llegado en su huida. Pero el Chato no escuchaba; su única obsesión era que los gringos no lo capturaran. Y se negaba a creer que su frecuencia ya estuviera detectada. Imposible convencerlo. Solito se estaba metiendo en la boca del lobo y lo peor era que se los llevaría entre las patas.

«Necesito una copa», dijo, exhausto. «Casi me matas». Y se puso de pie, sin dejar de sobarse el cuello. Lo acompañé a la mesa donde antes había estado con el Chato. Me sirvió un trago; sacó del bolsillo de la chaqueta un botecito del que extraía, con una mínima cucharilla de plata, polvo para inhalar. Me ofreció. Y continuó la perorata sobre su jefe: que ya no tenía salida, lo mejor era que negociara su rendición con las autoridades mexicanas a cambio de que no lo entregaran a los gringos, eso precisamente habían estado discutiendo hacía un rato, pero el Chato no quería aceptar la situación, reventaba colérico si alguien mencionaba la posibilidad de su entrega.

A la hora de dormir, no me acosté en mi catre, sino que me tiré sobre una manta en la otra esquina de la habitación, con la subametralladora que había traído de la capital empuñada sobre mi estómago, el AK a mi lado y el radiotransmisor pegado a mi oreja. Me había calzado de nuevo las botas.

## 33

El Viejo me pidió que lo acompañara a revisar un sensor de metales que estaba fallando, del lado abrupto de la montaña por el que yo había subido. Le dije que ya era tarde, pronto oscurecería. Pero eso no importaba, porque el Viejo conocía la ruta y no quería que el sensor dejara de funcionar durante la noche.

«Las cosas se han puesto feas», me dijo mientras enfilaba hacia el borde, con dos largas cuerdas enrolladas colgando de sus hombros. Las nubes nos empujaban bajo la luz crepuscular. Al llegar a la pendiente, el Viejo espetó: «ese Chato Marín es un pendejo». Y mientras descendíamos, con cautela, asidos a la cuerda fijada a un ciprés plantado en el borde, tratando de evitar los ramalazos de la tupida vegetación, me contó que esa mañana el teniente Pedro le había pedido al Chato Marín que se abstuviera de usar su aparato de comunicaciones, que corríamos el riesgo de que los gringos tuvieran detectada su frecuencia.

«¿Y qué creés?», me dijo el Viejo cuando apenas

lo distinguía entre la penumbra, haciendo a un lado los ramajes, bajo el techo cerrado de árboles. El Chato Marín había reaccionado frenético, gritando que a él ningún hijo de la chingada le decía lo que tenía que hacer, insultando, amenazando al teniente Pedro. Llegamos al final de la cuerda; el Viejo ató la otra a un árbol y continuamos el descenso. El teniente Pedro había pedido instrucciones, incluso solicitó que éstas procedieran del propio Tío Pepe, pero no llegarían hasta mañana temprano. Y el Chato Marín había seguido utilizando su aparato de comunicaciones a lo largo del día. El Viejo estaba preocupadísimo, porque había detectado interferencias extrañas: a nuestra llegada el teniente Pedro ordenaría que el pelotón entrara en estado de alerta máxima.

No supe cómo hizo para reconocer el árbol; tampoco quiso revelármelo. Pero ahí estaba el minúsculo aparatito en sus manos, averiado por algún animalejo. Mientras lo revisaba, alumbrado por una lámpara de mano, le conté mi conversación con el Birras la noche anterior. El Viejo comentó que la única solución sería inutilizarle el aparato de comunicaciones al Chato y estar listos como si los gringos se dispusieran a atacarnos esa misma noche. Instaló un nuevo dispositivo. Iniciamos el retorno, escalando la pendiente en medio de la oscuridad y el zumbido del viento, guiados únicamente por la cuerda. Y en un descanso, mientras resollábamos, le pregunté por qué al Tío Pepe le decían

«Yuca». Permaneció en silencio; no alcanzaba a ver su rostro. Luego me dijo que era la primera noticia que tenía de eso, no sabía nada, cómo me había enterado.

## 34

Me lo dijo Rudy a la hora de la cena, entre dientes, para que los de la otra mesa no escucharan: esa tarde había visto cómo el Chato Marín alcanzaba a Catarina, la mujer del teniente Pedro, en los linderos de la plantación más baja, la tomaba del brazo y trataba de besarla. Catarina le aplicó una llave de judo que hizo caer despatarrado al mexicano. Éste se puso de pie, con el auxilio de sus guardaespaldas, sin poder reaccionar, luego tuvo un ataque de risa histérica, mientras la alemana continuaba su camino. Pero en seguida se volvió rabioso, sacó la pistola y le apuntó a Catarina. Ella rodó con su arma desenfundada y el mexicano en la mira. Eso me dijo Rudy: que el Chato Marín y sus guardaespaldas se habían retirado, sin descubrirlo a él, parapetado entre los arbustos, con el dedo en el gatillo y las ganas de acabar con ese cuarteto de pendejos. Me lo dijo quedito, mientras en la otra mesa el teniente Pedro, malencarado, se atusaba el bigote; Catarina comía con rabia; el Chato Marín no paraba de hablar a gritos, reírse y mirar de reojo a la alemana; y el Birras masticaba cabizbajo, con una bufanda alrededor de su cuello morado. Sólo faltaba el Viejo, porque en ese momento, en la sala de la cabaña del teniente Pedro, hurgaba el aparato de comunicaciones que dejaría de emitir en esa frecuencia.

## 35

Eran las dos de la mañana. Yo estaba emboscado al borde del precipicio, con las manos casi congeladas, cuando escuché la alerta del Viejo por el radiotransmisor: «¡Punto rojo! ¡Dos para vos, Robocop! ¡Están cruzando por la flecha!».

Me incorporé; tardarían unos quince minutos en ascender, si lograban evitar las trampas. El cielo permanecía cerrado, la niebla espesa, la visibilidad nula.

«¡Colador de tres mangos!», dijo ahora el Viejo, con agitación. Venían por tres flancos. Quise preguntar por los otros dos, pero entonces una interferencia inutilizó el radiotransmisor. Intenté varias veces; no hubo manera. El Viejo me lo había advertido: si nos rompen las comunicaciones significa que vienen con todo.

Un zumbido remoto se coló entre el viento. Paré la oreja: eran por lo menos seis naves; en un minuto estarían sobre nosotros. Corrí hacia mi trinchera antiaérea, preparé el RPG-7 y me posicioné. El zumbido fue creciendo hasta convertirse en rugido ensordecedor. Los haces de luz penetraban entre la niebla. Una descarga de cohetes cayó sobre la aldea; otra sobre nuestras trincheras, como si las tuvieran perfectamente cuadriculadas. Apenas logré salir a tiempo. El fuego de las ametralladoras caía cerrado desde el cielo. Me parapeté detrás de un bordillo de cipreses; esperé contando en voz alta, a que las naves descendieran. La cabaña de la comandancia recibió tal concentración de fuego que el Viejo tendría que haberse achicharrado en el sótano; la casa del teniente Pedro y la fonda también ardían.

Entonces disparé: la explosión del helicóptero pareció inflamar la niebla. Vi que el Chato Marín y sus hombres huían, despavoridos, sin rumbo. Cargué otro cohete; cambié de posición. Una nave se enderezó para batirme. Corrí para sorprenderla de frente: creí ver la mueca del piloto antes de la explosión. Pero dos helicópteros ya estaban desembarcando tropa. Me retiré hacia la ruta de escape. Un tercer aparato explotó en ese momento: era Rudy con el otro lanzacohetes. Un poco más adelante, ya en pleno bosque, me encontré de nuevo al Chato y su gente. Corrieron hacia mí como si yo fuera a salvarlos. Los rafagueé a boca de jarro; sólo el Birras quedó en pie, paralizado, boquiabierto. Lo jalé del brazo y le grité que corriera. Entonces reaccionó: se abalanzó a tomar el maletín color plata que el Chato llevaba esposado a su muñeca. Forcejeó para zafarlo, sin suerte; luego hurgó en los bolsillos del muerto gritándome, histérico, que tenía que encontrar la llave. Saqué mi yatagán y de un tajo le arranqué la mano al Chato. El Birras cogió el maletín.

Dos comandos avanzaban hacia nosotros. Los guiaba un helicóptero, con reflectores, cohetes incendiarios y balas trazadoras. Nos tiramos a un zanjón. Le dije al Birras que se adelantara; me respondió que no veía nada. Lancé una granada hacia donde yacían los cuerpos del Chato y sus tres guardaespaldas. La nave concentró la luz en ese sitio. Pronto hubo cuatro comandos reconociendo los cuerpos. Aquello se llenaría de tropa enemiga en un instante.

Avanzamos por el zanjón hasta llegar a la vereda donde comenzaba el campo minado. Yo sabía de memoria esa ruta de escape. Le advertí al Birras que no se despegara de mi espalda. Habíamos avanzado como treinta metros cuando explotó la primera mina detrás de nosotros. Hasta el helicóptero se quedó fijo en el aire. Más adelante me encontré con el Cuco: dijo que los cohetes habían destrozado el nido de la ametralladora .50, que los hijos de la gorda Rita habían muerto en esa posición. Seguimos avanzando. El tableteo de las ametralladoras había disminuido. Ahora parecía que el cuerpo del Chato Marín era el punto a partir del cual se movían las naves, peinando el bosque, estableciendo un anillo de seguridad. Cruzamos el campo minado hasta llegar a la entrada del refugio subterráneo. Un silbido nos exigió la contraseña. Era el Viejo.

«¿Y el Chato Marín?», preguntó cuando supo que sólo el Birras venía con nosotros. «Lo fumigaron», respondí. En ese instante una tremenda explosión zamaqueó la tierra, iluminó la niebla. «Abrieron el regalito del sótano», masculló el Viejo. Y ordenó que bajáramos al refugio.

## 36

«Lo quemaron todo», dijo el teniente Pedro, alumbrándonos el rostro con la lámpara; acababa de bajar al refugio, junto con Catarina y Rudy, y también había preguntado por el Chato Marín.

«Ya es hora», dijo el Viejo.

No había más sobrevivientes, o los habían capturado.

El Cuco y yo tomamos la vanguardia; Rudy y el teniente Pedro la retaguardia.

Era un túnel de unos dos metros de alto por tres de ancho, que nos sacaría hasta donde el bosque se convertía en selva profunda; por un túnel semejante, que no me habían revelado, debió haber salido el Viejo del sótano, pensé.

«¿Creés que nos sigan?», preguntó el Cuco.

El Viejo dijo que si venían sólo por el Chato Marín pronto tendrían que retirarse. «Y después del regalito del sótano, quién sabe si querrán moverse».

Avanzábamos despacio, entre el aire húmedo, pesado, escaso.

«Tuvieron muchas bajas», comentó Catarina.

Eran seis helicópteros: cuatro ligeros para ataques relámpago y dos de transporte de tropas, dijo desde atrás el teniente Pedro.

Los haces de luz se entrecruzaban, pegoteando en las paredes. Las palabras sonaban con un eco apagado.

Eran ocho helicópteros, según Catarina.

«Por lo menos desembarcaron treinta cabrones», murmuró el Cuco dos pasos delante de mí.

«Nos tenían supercuadriculados», explicó el Viejo. «Debieron de contar con apoyo de satélite y con todas las fotografías sobre nuestras posiciones».

«Son gringos», dijo Rudy. «Sorprendí a uno de frente».

El Birras preguntó si ese refugio estaría también detectado.

Entramos a un trecho lleno de charcos, filtraciones, goteras.

El Viejo dijo que le parecía muy difícil que pudieran rastrear nuestra concentración de calor y metales bajo tierra, aunque todo era posible.

Alumbré una parte de la pared desmoronada.

El teniente Pedro ordenó que apuráramos el paso.

«¿Quién construyó este túnel?», preguntó el Birras.

«No sólo veniste a cagarte en nosotros, sino que también querés que te contemos el cuento», respondió el Viejo.

Pronto llegamos a una bifurcación. El teniente Pedro, Catarina, Rudy y el Viejo irían por una ruta; el Cuco, el Birras y yo por la otra.

128

El Cuco dijo que estábamos a medio camino, que ojalá no nos estuvieran esperando a la salida. De todas formas, el Birras tendría que emerger primero, bromeó.

Ahora íbamos en un trecho empinado, de bajada, fangoso.

El Birras patinó y cayó de nalgas; le pregunté qué contenía el maletín plateado.

«Papeles», dijo.

En seguida el túnel fue haciéndose más angosto, hasta que topamos con pared; a un lado enfoqué las agarraderas empotradas por las que subiríamos.

Salimos al viento helado; la oscuridad era casi la misma.

No tuvimos tiempo de orientarnos: la nave embistió súbita con su fuego de cohetes y metralla.

Desperté en el hospital de la cárcel de San Isidro, Texas: una esquirla me había volado parte de la frente. Un chicano, que se hacía llamar Johnny, gordo y bigotudo, sentado en una silla junto a mi cama, después de identificarse como agente antinarcóticos, me explicó la situación: el Chato Marín y tres de sus hombres habían muerto en combate con el ejército mexicano en una plantación de amapolas en la zona montañosa fronteriza con Guatemala; el lugarteniente del Chato, el Birras, había sido capturado ileso por las autoridades mexicanas y entregado de inmediato a la justicia estadounidense; a mí me habían traído por equivocación a San Isidro, creyendo que era parte de la banda del Chato, pero luego el Birras les explicó que yo pertenecía a la red centroamericana; les costó identificarme —lo lograron gracias a la colaboración del Pentágono, en su archivo de huellas dactilares de soldados centroamericanos entrenados en bases de Estados Unidos, detalló Johnny—, pero ahora ya contaban con mi expediente procedente de San Salvador, aunque las autoridades salvadoreñas desconocían mi captura; como no había causa criminal contra mí en territorio estadounidense, me tendrían que deportar a El Salvador. Eso me dijo Johnny, en ese primer encuentro, en el cuarto del hospital; yo aún estaba atontado, recién despierto luego de varios días de inconciencia, sin un pedazo de frente.

Cuando apareció por segunda vez, tuve la impresión de que habían transcurrido pocas horas. Me sentía como en el Palacio Negro, luego de los interrogatorios del subcomisionado Handal, cuando el efecto de la droga había pasado y comenzaban las alucinaciones. Se sentó en la misma silla, junto a mi cama, y me dijo que pusiera muchísima atención, se había abierto una oportunidad única de salvar mi vida. Ellos habían revisado mi hoja de servicio durante la guerra en el batallón Acahuapa y creían que yo merecía una segunda oportunidad. El trato era éste: yo les contaba todo lo que sabía y, a cambio, ellos me reconstruirían (nueva cara, nueva identidad) y me convertirían en agente para operaciones especiales a disposición en Centroamérica.

Johnny dijo que la guerra contra la droga apenas comenzaba y necesitaban gente como yo. Recibiría entrenamiento intensivo en lucha antinarcóticos y en seguida sería enviado a mi primera misión, a combatir al cartel llamado «La corporación del Tío Pepe», me explicó con un guiño.

Pero tenía que decidirlo ahora mismo: o acepta-
ba o me pondrían en un avión en ruta hacia San
Salvador para que me pudriera en la cárcel.

«Es tu chance de convertirte en un verdadero Robocop», me dijo Johnny, incorporándose, sonriente.